Herstellung und Verlag:
BoD - Books on Demand, Norderstedt
ISBN 978-3-7392-2646-0

Svetlana Arlt – Rohrbacher

Shivot

Zehn kurze Erzählungen

Zur Autorin:

Svetlana Arlt – Rohrbacher wurde 1969 in Duisburg geboren und wuchs im beschaulichen Ratingen auf. Heute lebt sie zusammen mit ihrer Familie immer noch dort. Gelernt hat sie nach einem abgebrochenen Studium der Sozialwissenschaften den Beruf der Krankenschwester und arbeitet in der Pflege von dementen Menschen.

Ihr Hobby ist bereits von Jugend an das Schreiben.
Veröffentlicht hat sie bereits ihren persönlichen Lebensbericht mit dem Titel:

„Vielmehr – Ich, Leben mit dem Asperger Syndrom" im Dezember 2015.

Dieses Buch ist meinem ehemaligen
Geschichtslehrer „Herr D." gewidmet.

Inhaltsangabe

„Hoffen heißt: die Möglichkeit des Guten erwarten; die Möglichkeit des Guten ist das Ewige."

(Sören Kierkegaard)

Heimkehr

Heute!
Heute wird er zurückkommen.
Nach all der Zeit.
Nach viel zu langer Zeit.

Heute ...
ist sie früh schon aufgewacht und hat gespürt, wie die Freude in ihr
hoch gekrochen ist. Erst ganz zaghaft, dann immer forscher und am
Ende stürmisch, je heller es draußen am Himmel wurde.
Nicht mehr ausgehalten hat sie das übermächtige Gefühl und ist aus
dem Bett gestiegen. Ihr Weg führt sie zuerst in ihr kleines
Badezimmer, zum Spiegel über dem Waschbecken.
Sie betrachtet sich und sieht als erstes ihre Augen.
Blau
Ein schönes Blau
Ein Kornblumenblau
Das hat er immer zu ihr gesagt wenn er sie in seinen starken Armen
hielt und an sich heranzog. Augen, die man so schnell nicht wieder
vergessen kann. Augen, aus denen eine Unschuld und Klarheit
schauen.
Nun fällt ihr Blick auf ihre Haare. Blond wie der reife Weizen im
Sommer. Halblang und glatt fallen sie ihr auf die Schultern.
Eine Strähne schiebt sie sich hinter das rechte Ohr.

Heute.

Es dauert nicht mehr lange und sie wird ihn wiedersehen.
In seinen Armen versinken und vor Glück weinen.
Nach so langer Zeit ohne ihn.
Sie weiß gar nicht mehr, wie sie diese Zeit überhaupt überstanden hat. Sie versucht sich zu erinnern, aber ihre Gedanken erreichen nur noch einen verschwommenen Nebel in der Vergangenheit. Obwohl die letzte Vergangenheit erst einen Tag zurückliegt. Oder eine Nacht. Oder eine Stunde.
Sie weiß nur noch, dass sie ihn sehr lange entbehren musste. Die Traurigkeit begleitete sie bei allem was sie machte. Wie eine Gewitterwolke, die selbst bei hellstem Sonnenschein immer über einen bleibt. Doch nun würde sie ihren Lohn dafür bekommen.

Während der Nachthimmel sich verabschiedet und der Helligkeit den Vortritt gelassen hat, geht sie in die Küche und setzt Wasser für eine Tasse Kaffee auf.
Soll sie noch frühstücken?
Besser wäre es. Denn sie weiß, dass sie Menschenmassen erwarten werden. Und ihr wird immer so schnell schlecht wenn sie mitten im Getümmel stehen muss und der Magen leer ist. Frauen, Kinder, Männer. Junge Menschen, alte Menschen.
Sie alle werden da sein.
Also macht sie sich zwei Brote fertig und trinkt ihren Kaffee dazu.

Es ist mittlerweile acht Uhr am Morgen.
Um halb zehn möchte sie dort sein. Es bleiben ihr noch zwei Stunden bis sie losgehen kann.
Nachdem sie gefrühstückt hat, geht sie zurück ins Badezimmer.
Halb neun, und sie durchquert den kleinen Flur um in ihr Schlafzimmer zu gelangen. Was sie anziehen möchte hat sie sich bereits sorgfältig überlegt und ordentlich auf einem Bügel am Abend vorher an den Schrank gehangen.

14

Ein neues Kleid hat sie sich gekauft. Hellblau mit kleinen weißen Punkten. Dazu möchte sie ihre weiße Strickjacke anziehen. Denn bestimmt wird es in der Halle etwas frisch sein. Und wer weiß wie lange sie warten muss?
Die weißen Schuhe sind geputzt und stehen neben der Tür. Sie sind schon etwas älter, aber sie sehen noch immer gepflegt aus.
Für neue Schuhe hat das Geld gefehlt.
So viel verdient sie als Verkäuferin nicht. Und gerade jetzt, in dieser Zeit, ist es nicht so einfach genug zu verkaufen. Denn es ist nicht viel zum Verkaufen da. Die Menschen haben Hunger und möchten ihr weniges Geld für Lebensmittel ausgeben statt für Hüte.
Schöne Hüte. Damenhüte. Große und kleine, aus Filz, Leder und anderen guten Materialien. Für jeden Anlass hat sie welche anzubieten. Aber wer kann heute noch große Anlässe feiern?

So, fertig ist sie.
Noch einmal eilt sie in ihr Badezimmer um sich die Haare zu kämmen. Zum wievielten Male eigentlich? Wahrscheinlich zum dritten Mal. So genau hat sie nicht darauf geachtet. Ein wenig Lippenstift und etwas Parfüm an den Hals.

Halb zehn.
Es eilt.
Wenn sie jetzt nicht losgeht kommt sie zu spät.
Sorgfältig schließt sie die Wohnungstür ab und läuft die sechs Stufen hinab zur Haustür, öffnet sie und tritt ins Freie.
Der Frühling ist bereits da. Es verspricht, ein schöner Tag zu werden.
Die Vögel singen ihre Lieder aus den Bäumen und von den Dächern.
Und sie spürt die Wärme der Sonne auf ihrem Gesicht. Schließt kurz die Augen, atmet den Duft der Blumen in den Beeten ein und wendet sich nach links.

Nun ist es bald soweit.
Während sie in Richtung Bahnhof läuft, denkt sie an ihn.

An ihr Kennenlernen in dem Café am Markt. An sein verschmitztes Lachen und seine Frohnatur. Sie denkt auch an seine schönen braunen Haare und wie seine Augen sie strahlend angesehen haben, als sie sich verlobt hatten. Ihr Herz schlägt einen Takt schneller. Sie hatte sich bereits in dem Augenblick unsterblich in ihn verliebt als sie ihn zum ersten Mal gesehen hatte.
Und er sich genauso in sie.

Da, der Bahnhof.
Endlich!
Beinahe ist es geschafft.
Ihre Freude und Liebe überfällt sie nun wie eine riesige Woge und sie ist atemlos vor Erwartung.
Noch einmal hier rechts herum und dann die Treppen nach oben.
Zu den Gleisen.

Sie ist angekommen.
Schaut auf die Uhr.
Zehn Uhr und fünf Minuten ist es nun.
Schaut sich um und registriert all diese vielen Menschen.
Und dazwischen läuft der Bahnvorsteher beschäftigt herum.
Schaut erneut auf die Uhr und sieht dann den Zügen auf den Nachbargleisen zu. Sie fahren ein und halten an.
Die Türen werden geöffnet und lassen herausströmen was aussteigen möchte und hineinströmen, was einsteigen möchte. Dann fahren sie wieder an und machen sich auf die Reise nach Irgendwo.

Langsam wird sie nervös.
Streicht sich zum ungezählten Male die Haare aus dem Gesicht.
Drückt ihre kleine, weiße Handtasche an ihre Brust und unterdrückt das Zittern ihres Körpers, von dem sie nicht weiß, ob es wegen der Aufregung oder der Kühle der Bahnhofshalle ist.

Hoffentlich erkennt er mich, denkt sie.
Hoffentlich liebt er mich noch, hofft sie.
Aber hat er ihr nicht genau das immer und immer wieder versichert?
In all seinen Briefen. Er hatte es geschrieben. Auch, dass er sie vermissen würde und jeden Tag an sie denkt. Und dass er sie bald heiraten möchte und sie niemals wieder etwas trennen könnte.
Ja, sie vertraut ihm.

Da!
Der Zug fährt ein und hält.
Es ist zwanzig nach zehn.

Die vielen Menschen um sie herum setzen sich in Bewegung.
Laufen hin und her, rufen etwas oder nach jemanden.
Manche sehen ernst aus. Manche lachen.
Einige Kinder hüpfen und springen herum.
Sie drängen sich alle Richtung Zug.

Sie ist unsicher.
Soll auch sie sich in Bewegung setzen oder doch besser dort stehen bleiben und warten, bis er sie entdecken würde?
Sie beschließt zu warten. Beobachtet weiter die vielen Menschen, die einander gefunden haben, sich umarmen und sich freuen. Glückliche Frauen und Männer und Kinder. Glückliche Eltern und Großeltern.

Sie schaut auf die Bahnhofsuhr.

Halb elf.
Langsam wird sie unruhig.
Was ist denn nur los?
Wo bleibt er denn?
Er hat doch geschrieben, dass er heute kommen wird.

Sie kann ihn nirgendwo ausmachen, so sehr sie sich auch anstrengt. Schaut wieder auf die Uhr – immer noch halb elf.

Vielleicht hat er den Zug verpasst und den Nächsten genommen?
So denkt sie und setzt sich auf eine der Bänke.
Das Pfeifen ist laut und sie sieht, wie der Zug sich wieder in Bewegung setzt. Erst langsam. Dann schneller. Heraus aus der Halle, hinein in die Welt.
Weg.
Weit, weit weg.
Lässt sie dort sitzen und warten.

Es ist bereits dunkel.
Sie erhebt sich von der Bank. Müde und erschöpft. Mutlos und hoffnungslos. Sie versteht nicht, was schief gelaufen sein könnte.
Jetzt wird er nicht mehr kommen. Heute zumindest nicht mehr.
Sie hebt den Kopf und streicht sich die Haare aus dem Gesicht. Nimmt ihre kleine, weiße Tasche an sich und macht sich langsam wieder auf den Heimweg.

Nach Hause.
In ihr kleines und einsames Zuhause. Leer und traurig ohne ihn.
Sie bemerkt nicht den Bahnhofsvorsteher, der sie mitleidig ansieht und ihr noch lange hinterher schauen wird. Sie weiß nicht was er denken wird. Weiß nicht, dass er eine alte, runzelige und gramgebeugte Dame sieht. Eine alte Dame mit dünnem weißen Haar. Eine Dame, die er schon so viele Jahre kennt. Seit er ein junger Mann gewesen ist. Der sie immer wieder sieht. Einmal in jedem Jahr. Immer dann, wenn sie sich auf den Weg macht, ihren Verlobten abzuholen. Einen „Heimkehrer", wie seine Mutter zu sagen pflegte.
Jedes Jahr zur selben Zeit erscheint die alte Dame auf dem Bahnhof und wartet. Sie warten stundenlang. Kaum rührt sie sich einmal.
Nur ihre Augen finden regelmäßig die Bahnhofsuhr.

Halb elf.

Das ist die Uhrzeit, die er ihr nannte.

Und jedes Jahr macht sie sich am frühen Abend wieder auf den Heimweg.

Traurig und enttäuscht.

Weil er nicht gekommen ist.

Obwohl er es versprochen hatte.

Der Bahnhofsvorsteher weiß nicht, was die Dame gerade denkt.

Aber er ahnt es vielleicht.

Sie läuft langsam zum Ausgang, kleine Schritte mit geschwollenen Füßen. Das Gehen fällt ihr schwer.

Langsam steigt sie die Stufen der Treppe wieder hinab und wendet sich nach rechts. Dorthin, wo ihr Zuhause ist.

Einmal noch bleibt sie stehen und wendet sich um.

Ihr Blick ist auf den Bahnhof gerichtet.

Und während die den Kopf langsam wieder sinken lässt und sich weiter auf ihren Heimweg macht, denkt sie:

„Heute nicht.
Aber sicher im nächsten Jahr!"

„Was aus Liebe getan wird, geschieht immer jenseits von Gut und Böse."

(Friedrich Nietzsche)

Liebe

Schön war es.
Wir hatten aber auch Glück mit dem Wetter.
Am Morgen sah es nach Regen aus.
So, wie es angekündigt worden war.
Aber pünktlich um zehn Uhr riss die Wolkendecke auf und die Sonne kam hervor.
Ich mag es nämlich überhaupt nicht, das Haus bei Regenwetter verlassen zu müssen. Egal ob ich einen Schirm dabei habe oder nicht. Egal ob ich mit dem Auto fahre oder nicht.
Ich mag Regen einfach nicht leiden.

Nun, die Sonne kommt hervor und die Straßen trocknen schnell.
Ist ja im Juli auch ganz normal. Die Tage vorher war es schrecklich heiß gewesen. Das mag ich auch nicht. Diese große Hitze.
Das eine zu nass, das andere zu trocken. Aber wenn die heiße Nässe von den Straßen in die Luft steigt und die Straße zusehends trockener wird, finde ich es richtig spannend dabei zuzusehen. Wie ein riesiger Föhn, der die Feuchtigkeit weg pustet.

Um elf Uhr ist unser Treffpunkt.
An der Friedhofskapelle auf dem katholischen Friedhof im Dorf.

Ich bin bereits angezogen.
Weißes Hemd, schwarzer Anzug mit Weste, meine schwarzen Schuhe.
Meinen Gehstock halte ich auch schon in der Hand.
Und, oh Wunder, ich habe mich sogar rasiert.

Du weißt ja, ich habe mich in den letzten Tagen sehr gehen lassen.
Die letzten Tage?
Nein, das stimmt auch wieder nicht. Eigentlich die letzten Wochen.
Ich hatte keine Zeit, an mich zu denken.
Wenn jemand meine Hilfe braucht, dann bin ich da und schaue, dass ich mein Bestes geben kann. So muss es doch sein, oder?
Oder?

        Und nun ….
           …. brauchst du mich nicht mehr.

Ich rufe mir ein Taxi und lasse mich bis zur Kapelle fahren.
Die Strecke ist zwar nicht weit, aber ich möchte ohne Schmerzen im Körper erscheinen.
Zu einem letzten Treffen mit dir.
Der Taxifahrer ist sehr höflich und lässt mich mit meinen Gedanken alleine. Meine Gedanken. Habe ich überhaupt noch welche?
Es kommt mir so vor, als hätte ich in den letzten Monaten so viel gedacht, dass mein Kopf alle Gedanken ausgeschüttet hat.
Nichts ist zurückgeblieben.
Nur diese Leere.

Unsere gemeinsame Zeit war schön, nicht wahr?
Weißt du noch, wie wir uns kennengelernt haben?
Im Jahre neunzehnhundert und sechsundvierzig.
Deine Cousine brachte dich mit zu einem Treffen unserer Clique.

Ich, ein junger Bursche von zwanzig Jahren.
Und du, ein schüchternes Mädchen von gerade achtzehn Jahren.

Zu Besuch warst du gewesen. Hier bei uns auf dem Lande, weil die Luft gut war. Besser als bei euch in Berlin.
Wir hatten eine Radtour geplant bis hin ins Bergische Land. Proviant in unseren Körben auf den Rädern und Decken, wenn wir rasten wollten. Schön war es gewesen. Ein Wetter wie heute.
Nicht zu heiß und nicht zu kühl. Und alle hatten wir gute Laune.
Ich fand sofort Gefallen an dir und sprach dich recht schnell an.
Zum Glück!
Denn dies ist eigentlich gar nicht meine Art, nicht wahr?
Nun ja, und so sind wir irgendwann zusammengekommen und haben geheiratet. Das einzige was uns fehlte waren Kinder. Wir hätten ein verlassenes Kind zu uns nehmen können. Aber das wolltest du nicht.

„Wenn Gott gewollt hätte, dass wir ein Kind bekämen, dann hätte er uns auch eines geschickt!"

Das waren deine Worte.
Nun, und ich hatte mich gefügt. Weil ich dich liebte.

Aber insgeheim habe ich mir doch immer wieder vorgestellt wie es gewesen sein könnte, wenn nicht doch ein kleines Wesen hier zwischen uns herum spränge. So ein helles Kinderlachen im Haus, herumliegendes Spielzeug und am Abend ein müdes und zufriedenes Kindlein ins Bett bringen. Davon träumte ich doch in manchen Nächten.

Die Zeit ist schnell vergangen, nicht wahr?
Ich glaube, dir hat unser Leben gut gefallen. Selten habe ich dich böse oder traurig erlebt. Auch wenn wir niemals viel Geld hatten.
Die Hauptsache war doch, dass wir einander hatten.

Und jetzt bist du weg!

Einfach so!

Einfach so? Das stimmt auch nicht richtig.

Krank warst du gewesen. Aber wie lange schon, das weiß ich nicht. Du hast mir lange nichts davon erzählt. Wolltest mich schonen und nicht ängstlich machen.

Treue Seele, du!

Heute ist deine Beerdigung.

Soeben bin ich auf dem Friedhof angekommen. Ach richtig, ich muss in die Kapelle. Also gehe ich langsam in die Richtung des Gebäudes und stütze mich dabei mit meinem Gehstock ab.

Weißt du eigentlich, dass ich seit einer Woche wieder schlechter laufen kann? Ich muss immer wieder kurz anhalten und nach Atem ringen.

Nun, was soll ich auch klagen? Bin ja nicht mehr der Jüngste.

Ah, die Kapelle ist voll.

Ich sehe zwei deiner Cousinen da sitzen. In der ersten Reihe.

Deine beiden anderen Cousinen sind schon länger verstorben.

Danebem, wer sitzt denn dort?

Ach ja, meine Schwester. Sieht auch schon alt aus, die Gute. Habe sie länger nicht mehr gesehen. Schade eigentlich. Aber was soll ich sagen? Lebt ja jeder sein eigenes Leben, nicht wahr?

In der zweiten Reihe sitzen unsere Nachbarn aus der Wohnung über uns. Herr und Frau Maas. Frau Maas weint doch tatsächlich.

Ist sie traurig? Sie hat doch immer nur herumgestänkert. Sie weint bestimmt, weil sie nun niemanden mehr hat den sie schikanieren kann. Egal, ich nicke freundlich hinüber und gehe langsam weiter an den Reihen vorbei. Sehe ehemalige Arbeitskollegen von dir und mir und die Dame vom Laden schräg gegenüber.

Du weißt schon, die, die dir immer so gerne von ihren Kindern und Enkelkindern berichtet hatte.
Schön, dass sie heute da ist.

Ich setze mich ganz vorne hin und warte.
Auf die Musik und den Pastor.
Nun geht es auch schon los.

Ich weiß überhaupt nicht, welches Lied da gerade läuft. Ich habe aber die Lieder mit dem Pastor besprochen. Habe dafür gesorgt, dass du noch einmal das „Ave Maria" zu hören bekommst.
Freust du dich? Es klingt schön. Hier in der Kapelle.
Nur für dich und für uns alleine.

Da stehe ich jetzt an deinem offenen Grab und muss zusehen, wie sie deinen Sarg in das Loch lassen. Die Vorstellung ist grausam für mich.
Nun bist du bald wirklich weit weg von mir. Dann trennt uns nicht nur das dicke Holz deines letzten Bettes, sondern auch die Erde, Steine und allerlei Getier. Die Vorstellung alleine beunruhigt mich sehr.
Aber nur kurz.
Mich hat es vielmehr beunruhigt, dass wir keine Hilfe hatten. Denn du wolltest die letzten Monate unbedingt zu Hause verbringen.
Ich habe dir deinen Wunsch erfüllt.
Aber glaube mir, leicht war es nicht gewesen.

Mit jedem Tag wurde es schwieriger für mich zu sehen, wie sehr du gelitten hattest. Wie sehr dich deine Schmerzen plagten. Obwohl der Arzt dir alles gab an Medikamenten dagegen.
Jeden Abend habe ich zu unserem lieben Herrgott darum gebetet, dass er dich erlösen würde. Zu sich nehmen würde. An seine Seite, voller Licht und Güte. Und ohne Qual.
Und mich gleich dazu!
Aber er hat mein Flehen nicht erhört.

27

Und eines Tages hast du mich angesehen und zu mir gesagt, dass ich dich nicht länger leiden lassen solle. Du würdest endlich sterben wollen. Wieso man Tiere von ihren Qualen befreien dürfte, aber Menschen nicht? Ob nicht auch alte und kranke Menschen selber bestimmen dürften, dann zu gehen, wenn sie keine Kraft mehr hätten?

Wie oft habe ich mir deine Bitte und deine Fragen anhören müssen? Unzählige Male!

Wie oft habe ich deine Tränen getrocknet?

Deine Windeln gewechselt?

Deine Wunden versorgt?

Dich gefüttert und umsorgt?

Deine Schmerzensschreie angehört und dein Flehen ertragen müssen?

Aber Hilfe, die durfte ich nicht holen. Zu groß war deine Angst unser Zuhause niemals mehr wiedersehen zu können.

Zu oft habe ich alles gehört.

Und mit jedem Mal ist mein Entschluss gewachsen.

Eines Tages war es soweit.

Erinnerst du dich?

Ich habe dir das Frühstück angereicht, einen Milchkaffee eingeflößt und dir nach dem Waschen dein schönstes Kleid angezogen.

Du hast Bescheid gewusst und mich die ganze Zeit über stumm und friedlich angelächelt. Ich habe zurück gelächelt und versucht, meine Traurigkeit zu verbergen. Aber du warst zu lange an meiner Seite, nicht wahr? Du kennst mich durch und durch.

Ich gebe zu, es fiel mir unendlich schwer!

Als ich das Kissen von deinem Gesicht genommen hatte und du nicht mehr geatmet hattest, war mir der Schweiß an meinem ganzen Körper herunter gelaufen. Bis in die Strümpfe hinein. Ich habe gezittert und große Angst bekommen.

Aber du hast so friedlich da gelegen.
Das hat mich glücklich gemacht.

Der Arzt hat als Todesursache einen natürlichen Tod aufgeschrieben.
Zum Glück!
Ich hatte gar nicht darüber nachgedacht, was mit mir geschehen könnte. Aber am Ende wäre es mir sowieso egal gewesen.
Für dich habe ich doch immer alles getan, nicht wahr?

Nun, jetzt bist du unter der Erde und die Beerdigung ist zu Ende.
Die Gäste haben sich bereits von mir verabschiedet und sind nach Hause gegangen. Ich habe davon abgesehen, sie zu mir einzuladen. Das würde mir heute nicht passen. Ich habe nämlich ganz andere Pläne, weißt du?

Lange ohne dich werde ich nicht sein können. Und nun werde ich mich umdrehen, mir wieder ein Taxi nehmen und nach Hause fahren. Ich werde eine Kleinigkeit auf dein Wohl trinken und nach oben gehen. In unserem Schlafzimmer ist alles soweit vorbereitet.
Ich habe mir eine Anleitung aus einem Buch herausgesucht:

„Wie man einen festen Strick knotet".

Und ich habe es geschafft, hoffe ich.
Ich freue mich schon sehr, denn gleich bin ich wieder bei dir.
Und dann trennt uns niemals wieder jemand.
Nicht einmal der Tod!

„Die Erde trägt zu jeder Zeit ein

Dutzend Menschen, die sich vor

Sehnsucht, einer des anderen

verzehren.

Sie finden einander nicht."

(Walter Rathenau)

Vater

Da ist die lange, schmale Gasse.

Dass sie es bis hierhin geschafft hat, kann sie kaum fassen.
Zu groß ist ihre Aufregung.

Als sie die Nachricht erhalten hatte, konnte sie es kaum glauben. So viel Zeit war nun vergangen. Und Hoffnung hatte sie keine mehr. Es blieb ihr am Ende auch nicht viel zum Hoffen übrig. Mutter weg, Bruder weg, alle weg.
Nur sie alleine auf dem Hof, mit der Magd. Die Arbeit von früh bis spät abends war ihr geblieben.
Zum Glück!
Es hätte ja auch viel schlimmer enden können mit ihr.
Sie wusste, was man den Frauen angetan hatte.
Hätte sie damit weiterleben wollen? Weiterleben können?

Ihr Versteck war gut gewesen. Zusammen mit der Magd hat sie überlebt. Aber die Mutter nicht. Weil sie nicht mit ihnen zusammen war. Weil sie etwas zu Essen besorgen wollte. Sie hatte ja nur noch das Mädchen.

Der Bruder, älter als sie, galt als verschollen.
Wahrscheinlich tot.
Niemand hat noch einmal etwas über ihn erfahren. Kein Brief, kein Telegramm, kein Grab.

Und jetzt diese Nachricht!

Ihr Herz schlägt bis in den Hals hinein und nimmt ihr fast den Atem.
So schnell hat sie sich noch niemals in ihren Mantel und die Schuhe
gestürzt. Und dann war sie auch schon los gerannt.
Eigentlich wollte sie rüber zum Nachbar Friedrich.
Der hat ein Auto.
Er nimmt sie manchmal mit in die Stadt. Denn der Weg dorthin ist so
weit. Doch er ist nicht zu Hause.
Sie muss den Weg in die Stadt schaffen.
Dann neben zu Fuß.

Sie hat vergessen, dass heute Samstag ist und die Menschen
scheinen alle das selbe Ziel zu haben.
Die Innenstadt, der Marktplatz.
Samstag!
Und es ist Markttag.
Sie möchte so schnell wie möglich dahin.
Sie läuft schneller und …
Warum steht sie jetzt hier direkt am kleinen Laden von Frau Hauer?
Schaut sich um und stellt erschrocken fest, dass sie im Kreis
gelaufen ist. Falscher Ausgang, falsche Richtung für in die Stadt.
Und wieso laufen die Menschen hier alle so durcheinander?
Stellen sich ihr in den Weg, machen kein Platz, stoßen sie an.
Und warum schütteln sie den Kopf dabei, während sie sie von oben
herab anschauen?

Sie dreht sich wieder um und sieht neue Menschen auf sich
zukommen. Sieht ihre Blicke und hört ihr Gemurmel wenn sie sich
links und rechts an ihr vorbei schieben.
Sie schaut wieder nach vorne und sieht, dass die lange Straße vor
ihr sich nun endgültig gefüllt hat mit unzähligen Menschen.

Es ist ein Wogen von Farben und verschiedenen Größen. Mal nach links, dann nach rechts und nach vorne und zurück.

Das kommt ihr komisch vor.
Beängstigend.
Bedrängend.

Sie kneift die Augen auf und zu. Doch das Bild ändert sich nicht vor ihren Augen. Was ist los?

Da!
Linke Seite rein und dann diese Straße ein Stück weiter durch, da ist das Geschäft. Von Herr und Frau Becker.
Vielleicht kann ihr jemand dort weiterhelfen?
Vielleicht hat jemand ein Auto und fährt sie in die Stadt
Geld hat sie zum Glück noch mitgenommen.
Sie kann die Fahrt bezahlen.

Da!
Die Tür ist verschlossen, aber sie kann durch die große Scheibe sehen. Schaut rein und sieht in dem hellen Raum dahinter Menschen sitzen. Sie reden miteinander, schauen kurz hoch zu ihr und sehen wieder weg. Einige tippen auf einer Schreibmaschine herum, andere telefonieren.

Aber wie kann das sein?
Hier ist doch das Geschäft von den Beckers.
Es sieht so anders da drinnen aus. Wo sind denn die Brote in den Regalen? Die Brötchen?

Sie klopft an das Fenster.
Einmal vorsichtig. Noch einmal, etwas lauter nun.
Und noch einmal.

„Hallo!
Kann mir bitte jemand helfen?"

Die Frauen sehen auf.

„Hallo! Bitte! Ich brauche ein Auto! Kann mir jemand helfen?"

Die Frauen schauen immer noch.

„ So helfen Sie mir doch! "

Plötzlich erhebt sich eine der Frauen und kommt zu ihr an das Fenster. Man kann die eine Hälfte zur Seite schieben.
Was die Frau auch tut.

„Was ist denn los?"

„Ich muss in die Stadt. Ich brauche ein Auto. Haben Sie eins oder können Sie eins besorgen?"

„Ein Auto?"

„Ja! Ich muss unbedingt in die Stadt. Haben Sie ein Auto?"

„Nein, ich habe kein Auto. Aber was ist denn passiert?"

„Ich brauche ein Auto, ganz dringend. Ich muss doch pünktlich ankommen. Mein Vater ... mein Vater ist wieder da!"

Ganz aufgeregt ist sie nun.
Jetzt, wo sie es ausgesprochen hat. Das Wunder, von dem sie nie gedacht hatte, dass es jemals eintreffen würde.

„Ich muss ihn doch abholen!"

Langsam steigt die Verzweiflung in ihr auf.
Weshalb versteht sie denn nur niemand?

Haben die anderen denn nichts davon mitbekommen?
Sie haben es doch selber erlebt! Nicht wahr?
Die einen hatten Glück, und die Väter kamen früher heim.
Andere hatten einen Verlust zu betrauern.
Und wieder andere haben lange warten müssen.
So wie sie.

Und nun wird sie zu spät kommen und er wird traurig sein und denken, dass auf ihn niemand wartet.
Aber das tat sie doch. Immerzu.
All die Jahre.
Alleine.

„Bitte! So helft mir doch. Bitte! Haben Sie denn kein Auto?"

Nun laufen ihr die Tränen über die Wangen und ein Schluchzen lässt ihren Körper erbeben.

„Ich habe kein Auto. Aber wissen Sie was? Sie werden erst einmal jetzt hier in unseren Raum hereinkommen und sich frisch machen. Sie sind ja ganz verschwitzt und aufgelöst. So möchten Sie doch sicherlich nicht ihrem Vater gegenüber treten, nicht wahr? In der Zwischenzeit werde ich mich um ein Auto kümmern und Sie zu ihrem Vater bringen. Wäre das eine Lösung?"

Dankbar schaut die junge Frau sie an.
Endlich wird ihr geholfen.

Sie ist glücklich und fragt:

„Wo kann ich mich denn frisch machen, bitte?"

„Der Raum ist dort."

Die freundliche Dame zeigt mit dem Finger in eine Richtung.

„Gehen Sie einfach den kleinen Gang entlang. Auf der linken Seite, die dritte Tür. Da können Sie hineingehen und sich frischmachen. Ich hole Sie in ein paar Minuten ab."

„Gut! Also da entlang und die dritte Tür auf der linken Seite, ja?"

Die Dame lächelt sie freundlich an und nickt mit dem Kopf.

Schnell macht sie sich auf den Weg, den Gang entlang und macht sich auf die Suche nach der Tür.
Die Dame geht derweil zurück in den Raum mit dem halben Schiebefenster.

„Was ist mit Frau Schulz?"

„Sie will unbedingt ein Auto haben.
Will in die Stadt gefahren werden, weil ihr
Vater zurückgekommen ist."

„Ach herrje. Ist es wieder soweit?"

Die freundliche Dame nickt nachdenklich und kaut ein wenig an ihrer Unterlippe herum. Setzt sich wieder auf ihren Stuhl, greift sich ihre Kaffeetasse und schaut vor sich her.

„Es ist doch immer wieder aufs Neue
erschreckend und traurig, zu sehen, wie
sehr diese Generation mit den Folgen des
Krieges zu kämpfen haben. Selbst im
hohen Alter noch …", sagt sie.

„Das stimmt wohl! Hoffentlich hat sie sich gleich ein wenig beruhigt.
Geht sie jetzt in ihr Zimmer?"

„Ja, ich habe sie dorthin geschickt,
damit sie sich ein wenig frisch machen
kann. In der Zwischenzeit kümmere ich
mich um das Auto. Ich denke, Frau
Schulz hat schon in diesem Moment
alles wieder vergessen. Sie wird
sicherlich in ihrem Sessel sitzen und
eingeschlafen sein."

Eine der Schwestern erhebt sich und macht sich auf den Weg zu
dem Zimmer von Frau Schulz. Den kleinen Gang entlang, die dritte
Tür auf der linken Seite. Öffnet vorsichtig diese und sieht Frau
Schulz in ihrem Sessel sitzen.
Klein und zerbrechlich hat sie sich nach hinten sinken lassen und
hält die Augen geschlossen.

Sie hätten auch offen sein können.
Wer weiß schon, was sie in Wirklichkeit sehen?

„Anders zu sein, ein Geschenk das oft sehr spät geöffnet wird."

(Engelbert Schinkel)

Herr D.

Es ist wieder einer dieser Tage die schon morgens falsch beginnen. Zuerst steht man nicht nur sprichwörtlich mit dem falschen Fuß auf sondern in Wirklichkeit, dann läuft man direkt gegen den Türrahmen des Schlafzimmers und schlussendlich stellt man fest, dass man an diesem Tag überhaupt nicht hinausgehen möchte.

Es ist November und es regnet.
Keine gute Kombination. Denn die Kälte dazu lässt den nahen Winter bereits erahnen. Diese Kälte, die einem langsam durch die Kleidung schleicht, dann auf die Haut trifft und am Ende sogar alle Knochen und Nerven umwickelt. Eine Kälte, die weh tut.
Eine Kälte, die sich nicht nur im Wetter niederlässt, sondern auch in die Herzen der Menschen wandert.

Nur noch vier Wochen.
Dann sind Weihnachtsferien.
Und nicht nur die Schüler freuen sich darauf.
Auch er freut sich.
Oder sagen wir besser: er sehnt sich nach diesen zwei Wochen.

Zwei Wochen voller Ruhe.
Ruhe, die er jeden Tag neu herbei ersehnt.
Das Alleinsein auskosten kann und sich in seine Bücher vertieft.
Gesellschaft leisten ihm nur seine zwei Mitbewohner.

Ebenso ruhig wie er. Ebenso genügsam wie er.
Träge und zufrieden begleiten sie ihn durch das Leben.
Ihr Schnurren ist seine liebste Melodie.

Heute muss er jedoch wieder hinaus.
Zu den anderen.
In das große Gebäude, welches ihm jeden Morgen neu einen Schrecken einjagt. Als würde er das Gebäude jeden Morgen zum ersten Mal in seinem Leben sehen.
Die Schüler kommen von daheim zur Schule.
Plappernd, lachend und in kleinen Gruppen.
Er beobachtet sie schon seit Jahren. Wie sie miteinander umgehen, sich raufen und vertragen. Spaß haben und sich durch die Flure jagen.
Ganz anders, als es bei ihm gewesen war.
Als Kind.
Als Schüler.

Im Gegenteil.
Er war immer der kleine, dicke Junge mit den strubbeligen Haaren.
Der Junge, der am liebsten seine Cordhosen trug und deshalb ausgelacht wurde.
Der Junge, der den Blick meistens auf den Boden gerichtet hielt und die Hände in seinen Hosentaschen versteckte. Damit niemand ihr Zittern bemerken konnte.
Der Junge, der eine so seltsame Stimme hatte.
Nicht laut, nicht leise.
Ein Mittelding.
Ein Geräusch an Stimme.
Näselnd, piepsig und dabei monoton.
Ein Junge, der sich am liebsten unsichtbar machen wollte.
Noch mehr als er ohnehin schon war.
Niemand beachtete ihn.
Außer wenn er auf des Lehrers Frage zu antworten hatte.
Dann war das Gelächter groß.

„*Mädchen*" wurde er gerufen.

Dabei hatte er doch kurze Haare. Und Hosen an.

Aus Cord zwar, aber immerhin.

Dass er keine Mühe hatte mit dem Lernen, wurde ihm auch noch nachgetragen. „*Streber*" riefen sie ihm nach, aber griffen sich stets seine Hausaufgaben zum Abschreiben.

Warum er später Lehrer wurde ist ihm bis heute ein Rätsel vor sich selber. Seine Liebe zur Geschichte hätte ihm andere Wege eröffnen können. Aber vielleicht hatte er auch gedacht, dass ihm das Schulleben etwas Gutes zurückgeben konnte.

Jetzt, wo er auf der „anderen Seite" stehen würde.

Kein Schüler mehr, sondern als Lehrer.

Es ist viertel vor acht Montag früh, und der Hausmeister hat die Eingangstüren des Gebäudes aufgeschlossen. Fast alle Lehrer haben sich im Lehrerzimmer versammelt und schlürfen an ihrem heißen Kaffee. Kaum betritt er den Raum, drehen sich alle Augenpaare zu ihm hin. Ein Nicken von allen Seiten, vereinzelt ein „Guten Morgen", und schon ist er bereits wieder vergessen.

Er drückt sich an der Wand entlang ganz nach hinten und schaut in seinen Plan, den er aus seiner prallen Einkaufstüte hervorgezogen hat.

Ah ja.

Klasse 11.

Geschichte, Leistungskurs ist jetzt dran.

Raum 305.

Noch hat er ein wenig Zeit und hängt seinen Gedanken nach.

Schaut aus dem Fenster und beobachtet, wie der Regen immer mehr wird und sich das Dunkel der Nacht nur sehr langsam in ein dunkles Grau wandelt. Wünscht sich zurück nach Hause, zu seinen felligen Freunden und seinen Büchern. Hört das Gemurmel von Gesprächen der Kollegen und vereinzelt ein Lachen.

Es schellt.

Acht Uhr, und nun muss er los.

Er erhebt sich schwerfällig, greift seine Einkaufstüte aus Plastik und wandert erneut an der Wand entlang zum Raumausgang.

Man lässt ihn vorbei und achtet nicht weiter auf ihn.

Er muss eine Etage höher die Treppen hinaufsteigen.

Das ist schwierig für ihn, denn die jüngeren Schüler rennen und toben an ihn vorbei, rempeln ihn an und johlen laut herum.

Seine Ohren schmerzen.

Es ist so laut.

Er weiß schon, weshalb er sich für die Jugendlichen als Schüler entschieden hat. Sie rennen nicht mehr herum. Sie geben sich cool.

Vielleicht schon ein wenig zu cool.

Aber auch sie können Schmerzen verursachen.

Auf eine viel tiefere Art.

Er ist angekommen auf dem Flur in dem sich der Raum 305 befindet.

Schaut kurz hoch und holt keuchend Luft. Da stehen sie, die Jungen und Mädchen aus dem Geschichtskurs.

Manche lässig an die Wand gelehnt, andere in kleinen Grüppchen zusammenstehend und sprechend.

Jedes mal neu muss er sich überwinden um sich zu ihnen zu gesellen. Es fällt ihm unendlich schwer.

Schon spürt er sein Herz schneller klopfen.

Der Schweiß tritt ihm auf die Stirn. Er fühlt, wie sich die Tropfen unter seinem Haaransatz im Nacken zusammentun und als Rinnsal zwischen seinen Schulterblättern den Rücken entlang laufen. Seinen schwarzen Mantel hat er wieder nicht im Lehrerzimmer gelassen sondern anbehalten.

Zögerlich geht er weiter und sieht, dass seine Schüler ihn nun bemerkt haben. Sie beobachten ihn und einige der Jungen beginnen zu grinsen.

Mit jedem Schritt näher zur geschlossenen Klassentür wird er innerlich unruhiger. Er beißt die Zähne fest zusammen und hebt den Kopf. Mutig schnarrt er ein *„Guten Morgen"* und begibt sich zur Tür. Nun steht er da und fühlt sich erst recht beobachtet.
Kramt in seiner Plastiktüte herum, in der sich alle wichtigen Unterlagen zum Unterricht lose befinden.

Warum er keine Tasche aus Leder hat?
Wie die Kollegen?
Weil er Leder nicht mag.
Und weil er nicht weiß, was er in die vielen kleinen Zusatztaschen packen soll. Er hat kein Portemonnaie und auch kein Handy. Also braucht er diese Zusatztaschen nicht.
Sein Geld und seine Schlüssel trägt er in den Hosentaschen und Manteltaschen mit sich. Deshalb sind sie auch ständig so ausgebeult. Und für die Unterlagen zum Unterricht reicht eine Tüte eben aus.

Der Schlüssel für den Klassenraum …
Den muss er nun finden.
Er kramt weiter in seiner Tüte herum und wird eine Spur hektischer.
Da ist der Schlüssel nicht.
Nun steckt er die linke Hand in die linke vordere Hosentasche und zieht mehrere lose Schlüssel hervor.
Auch davon ist keiner der Gesuchte.
Er steckt sie wieder ein und sucht nun in der rechten Hosentasche.
Dabei bemerkt er das Getuschel der Schüler.
Sein Herz klopft nun noch etwas schneller.
Die Luft zum Atmen wird zu wenig und er spürt, wie er in kurzen Stößen unregelmäßig nach Luft schnappt.

Ein Lachen erreicht seine Ohren.
Dann noch eins.
Gekicher und Getuschel.

Und dann hört er ein genervtes:

„Mensch, was ist denn jetzt, Herr D.? Kann es endlich mal weitergehen?"

Das kann es nicht.
Weitergehen.
Denn er findet den Schlüssel nicht. Nicht in der Tüte, nicht in den Hosentaschen. Auch nicht in den Manteltaschen.
Der Schweiß rinnt ihm nun erst recht in den Hemdkragen.
Ein Schüler kommt ihm zu nahe und er zuckt deshalb zusammen.
Weicht dem Schüler aus. Doch dieser macht sich einen Spaß daraus und folgt seiner Körperbewegung. Er weicht weiter zurück.
Immer weiter, bis er mit dem Rücken an der Wand steht und der Schüler sich genau vor ihm stellt.
Ihn unverschämt angrinst
Die Hand nach ihm ausstreckt.

Da ist dieses Mädchen.
Sie schaut zu ihm und kommt in seine Richtung. Hält Abstand von ihm, schaut ihn an und fragt ihn leise, ob sie den Ersatzschlüssel aus dem Sekretariat holen soll. Während er vorsichtig nickt, geht das Gegröle der Jungen los.
So ist es immer wenn sie ihm helfen möchte.
Auch sie ist eine der Anderen. Jemand, die immer alleine sitzt. Jemand, die geschnitten und verlacht wird.
Sie weiß, wie er sich fühlt.
Sie lässt ihn nicht in Stich.
Dreht sich um und geht los, während er versucht, die Ruhe zu bewahren. Wie es meistens der Fall ist.
Besonders Montag am Morgen.

Der Unterricht beginnt.
Er hat sich nicht vorbereitet. Denn das braucht er nicht. Geschichte ist sein Leben.

Redet gegen die Klasse an. Erst leiser, dann immer lauter. Hält seinen Vortrag und niemand hört hin. Er schaltet das Sehen ab und stellt sich vor, er stünde mitten auf dem Schlachtfeld neben Napoleon. Die Szenen laufen in Zeitlupe vor seinen inneren Augen ab. Er erlebt die Schlacht hautnah und wird immer aufgeregter. Berichtet wie ein Reporter, schmückt aus und findet zurück zu den Details, in seiner geblümten Sprache

Der einzige Mensch der zuhört ist das Mädchen.
Für sie berichtet er besonders aufregend.
Er ist sich sicher, dass sie seine Geschichten und Anekdoten wertschätzt. *„Wenigstens etwas",* denkt er sich kurz.

Bald schon ist der Tag vorbei und er eilt schnell und unsichtbar nach Hause. Zurück in seine Sicherheit. In seine Burg. Zu seinen Freunden, die bereits auf ihn warten. Ihm mit ihrem Schnurren dabei helfen, zur Ruhe zu kommen.
Wieder ein Tag geschafft.

Sehr viele Jahre später ist das Mädchen eine Mutter.
Begleitet ihr Kind zu dieser Schule und fragt den Direktor, wo Herr D. verblieben ist. Hört dem Direktor schweigend zu. Sie bleibt nachdenklich und traurig zurück.
Herr D. hatte es nie geschafft, die Aufmerksamkeit seiner Schüler und Kollegen erfahren zu dürfen. Niemand sah seinen großen Geist.
Er blieb der kleine, dicke, verschrobene Außenseiter.
Bis zu seinem letzten Schultag als Lehrer.

Am Ende gab er sich geschlagen und kehrte der Welt den Rücken.

„Erinnerungen

Bilder zerrinnen

gegen die Zeit

kaum Widerstände

alles Vergehen

fast nichts bleibt

nur diese Sehnsucht –

ohne Ende...“

(Hans-Christoph Neuert)

Leben

Heute ist Montag.
Nur noch fünf Tage und ich habe Urlaub.
Das Jahr war lang und anstrengend. So viele Termine, so viel Arbeit, so viel Stress. Unsere Winterreise konnten wir nicht antreten weil mein Mann seiner Auftragslage nicht nachgekommen wäre.
So haben wir unseren Urlaub doch noch auf den Sommer verlegt.

Der Winter war nicht so schön wie in den Jahren davor.
Es war kalt und regnerisch statt dass schöner weißer Schnee unsere Erde bedeckt hätte.
Ich mag diese Kälte nicht.
Sie kriecht mir in die Glieder und von dort in jede Zelle meines Körpers. Sie lässt mich steif werden, ungelenk und raubt mir alle Kraft. Das einzige, was ich immer am Winter mag, sind die Abende.
Eingekuschelt in meine Wolldecke auf der gemütlichen roten Couch. Vor mir der Kamin mit dem prasselnden Feuer. Auf dem kleinen Tisch eine heiße Tasse Tee und neben mir mein lieber Mann.
Die Kinder liegen ihren Betten und träumen selig von der nächsten Schneeballschlacht im Garten.
Unsere Katzen liegen neben uns auf der Couch und schnurren behaglich, derweil sie von ihrer Jagd nach Mäusen im Schuppen träumen. An solchen Abenden komme ich zur Ruhe und tanke neue Kraft auf.

Die dunklen Tage sind zum Glück überstanden und der Frühling erstaunlich warm.

Wie immer bin ich an den ersten Tagen im April in unser Gartencenter gefahren und habe Pflanzen für unsere Blumenkästen auf dem Balkon gekauft. Krokusse, Narzissen und kleine Tulpenarten. Später, im Frühsommer, habe ich mir eine Rosenecke gegönnt. So eine wollte ich schon immer haben, aber zuerst mussten wir eine schöne Ecke in unserem Garten dafür finden und herrichten. Ich habe sie an einer Stelle an der Mauer zu den Nachbarn hin gefunden.
Mein ganzer Stolz ist nun diese wunderschöne rote Kletterrose, die nun bald in ihrer vollen Blüte stehen wird. Jetzt schon ist ihr Duft besonders betörend und ich liebe es, am frühen Abend mit einem Glas Wein auf der kleinen blauen Bank darunter zu sitzen und mit einem Buch zu entspannen.

Jetzt haben die Kinder Sommerferien und toben den ganzen Tag über im Garten herum. An manchen Tagen sind auch ihre Freunde zu Besuch und man hört ihr Lachen laut und klar. Sie haben viel Spaß zusammen, und diese Freude lässt mich innehalten in dem, was ich gerade mache. Sie gibt mir ein tiefes Gefühl von Glück, welches ich festhalten möchte.
Denn Glück haben wir.
Glücklich sind wir wirklich.

Noch fünf Tage muss ich arbeiten, ehe wir uns auf die Reise begeben.
Fünf Tage, an denen ich die Kinder früh zu ihrer Oma gebe und sie Mittags wieder abholen werde.
Fünf Tage, an denen sie Pläne schmieden und vor Aufregung kaum einschlafen können.
Fünf Tage noch, an denen ich die restlichen Einkäufe machen werde und eine Liste erstelle für die Oma, die sich um die Katzen kümmern wird.

Lange haben wir auf darauf gespart die Koffer zu packen, in das Flugzeug zu steigen und losfliegen zu können.

Ich denke an den Strand und das Meer. An das Land meiner Kindheit. An das Land, das meine zweite Heimat bedeutet.

Zweimal waren wir bereits dort und seitdem fragen die Kinder immer wieder, wann wir das nächste Mal dorthin fliegen können.

Endlich hat das Warten ein Ende.

Ich werde noch unsere Wäsche waschen, das Haus auf Vordermann bringen und die Koffer packen. Mein Mann muss auch noch fünf Tage arbeiten gehen. Und dann hat auch er seinen wohlverdienten Urlaub. Drei Wochen werden wir uns als Familie genießen können. Das kommt im Alltag oft genug zu wenig vor.

Gestern war ich noch bei meinen Eltern und habe Geschenke von ihnen für die Familie meiner Mutter in ihrer Heimat mitgenommen. Geld für ihre Schwester und deren Augenoperation. Damit sie endlich wieder besser sehen kann. Eine schöne neue Hose für den Bruder meiner Mutter und viele Kleinigkeiten für meine Cousinen und ihren Kindern.

Die Verwandten werden wir nur kurz besuchen, denn wir möchten unsere Zeit gerne für uns alleine nutzen. Zum ersten Mal haben wir uns ein kleines Ferienhaus gemietet. Direkt am Strand von Nessebar.

Ich stelle mir jetzt schon vor, wie wir morgens aufwachen.

Geweckt von den klagenden Möwen, die hungrig rufend über das Meer und unser Haus kreisen werden, auf der Suche nach Fischen oder Brotresten der Menschen.

Tschaika heißen die Möwen auf bulgarisch.

Als ich ein Kind war, stand ich früh morgens gemeinsam mit meiner Schwester oft am offenen Fenster unserer Wohnung und habe sie nachgemacht. Das war ein großer Spaß wenn sie neugierig ihre Extrarunden über uns hinweg drehten.

Manchmal warfen wir ihnen Brotkrumen entgegen, welche sie geschickt aufschnappten und sich zum fressen etwas weiter entfernt von uns niederließen.

Wir werden nun die Tage am Strand verbringen oder am Pool des Ferienhauses. Auch haben wir ein paar Besichtigungen geplant und Aufenthalte im Aquapark mit seinen vielen Wasserrutschen.
Vielleicht treffen wir noch eine andere Familie mit Kindern, so dass unsere beiden Mädchen Freundschaften knüpfen können.
Das wäre wirklich perfekt.

An den Abenden werden wir einen Spaziergang am Meer entlang machen und den Delfinen zusehen, wie sie sich in die nun leeren Buchten wagen um nach kleinen Fischen zu jagen.
Ich liebe diese wunderbaren Schwimmer und erfreue mich an den Begegnungen mit ihnen. Ihnen beim Spielen zu zu sehen erfüllt mich mit Freude und ich beneide sie beinahe um ihre Freiheit. Sie sind wie kleine Kinder die niemals erwachsen werden. Kennen keine Sorgen und Nöte, wissen nichts von Kummer und Ängsten. Leben ihr Leben in Gemeinschaft und Fürsorge zueinander.
Sie sind uns erhaben.

Wenn wir nach den Spaziergängen in unser Häuschen zurückkehren, holen wir den Grill heraus und werden gemeinsam den Abend genießen und bei einem Glas Rotwein ausklingen lassen.
Leise Musik wird uns begleiten, und wenn die Kinder in ihren Betten schlummern, werden mein Mann und ich zusammen sein können.
Unbeschwert und glücklich, voller Liebe.

Eine Liebe so groß, dass die Unendlichkeit noch nicht genug ist.
Eine Liebe so groß, um noch für Tausenden von Leben zu reichen.
Eine Liebe so groß, dass man sich wünscht, jeder Mensch würde dieses Glück für sich erleben dürfen.

Aua!

Da ist es wieder.
Dieses komische Gefühl.
Und dieses Licht.

Seit einiger Zeit bemerke ich es und weiß nicht, was es ist.
Ab und zu höre ich auch komische Geräusche. Es ist schwer zu beschreiben. Eine Art pumpen, klappern, ticken.
Manchmal ein dumpfes Geräusch, so als würde jemand mit einem Dampfbügeleisen darauf warten, ein Hemd glätten zu können.

Ich versuche, mich umzuschauen.
Aber mein Kopf bewegt sich nicht.

Aua!

Mich hat nun scheinbar eine Mücke gestochen.
Am rechten Bein, weiter oben. Am Oberschenkel.
Ich versuche mich zu kratzen und nach der Stelle zu schauen.
Aber es geht nicht.
Warum geht es nicht?

Mein Herz beginnt damit, schneller zu schlagen.
Ich spüre jeden Herzschlag kräftig und pochend in meinen Ohren.
Angst kriecht in mir hoch. Ich möchte atmen, aber auch das fühlt sich merkwürdig an.
Ich verstehe nicht.
Was ist los?
Was ist mir mir?

„Hallo! Hilfe! Wo seid ihr alle? Helft mir, bitte!"

Ich spüre, dass jemand da ist.
Wo immer ich auch bin.
Direkt rechts neben mir.
Ich rieche es und höre jemanden atmen.
Plötzlich spüre ich eine kühle, trockene Hand auf meiner Stirn.
Ich schaffe es, meine Augen zu öffnen und sehe, dass ich in einem Raum bin.
Scheinbar liege ich, denn ich kann an die Decke schauen. Weiß ist sie, mit kleinen Löchern drin. Die Deckenleuchte blendet mich und ich schließe wieder die Augen. Öffne und schließe sie erneut, bis meine Augen sich an das Licht gewöhnt haben.
Jetzt erkenne ich den Mann, der neben mir steht und seine Hand auf meiner Stirn ruhen lässt. Er trägt einen weißen Kittel. So einen, wie Ärzte ihn tragen. Sogar ein Stethoskop hat er um seinen Hals hängen.

Seine Augen sind braun und schauen mich an.

Warum gibt er mir keine Antwort?

„Hallo! Sagen sie doch etwas zu mir!"

Wieder bekomme ich keine Antwort. Er reagiert noch nicht einmal. Ich höre jetzt ein anderes Geräusch. So, als ob sich eine Tür öffnet und leise wieder schließt. Meine Augen wandern nach links und ich sehe meinen Mann neben mir stehen.
Gott sei es gedankt!

„Hallo! Was ist los mit mir? Wo bin ich hier? Und wer ist dieser Mann mit dem Kittel?"

Auch jetzt bekomme ich keine Antwort. Nicht von meinem Mann und nicht von diesem anderen Menschen. Ich höre, wie sie miteinander leise reden. Aber es dauert, bis ich die Worte verstehe.

„Gibt es eine Veränderung, Dr. Stroht?", höre ich meinen Mann fragen.

„Leider nicht", gibt dieser zurück.

„Und jetzt?" Wieder mein Mann.

Kurze Stille und dann:

„Es tut mir sehr leid, aber es ist zu viel Zeit vergangen. Mehr können wir hier einfach nicht machen. Ich denke, es ist an der Zeit, ihre Frau in eine andere Einrichtung zu geben."

Halt!
Stopp!
Einrichtung?
Was denn für eine Einrichtung?

Ich sehe zu meinem Mann hin und bemerke, dass ihm die Tränen über sein Gesicht laufen.
Wann hat er das letzte Mal geweint?
Das war bei den Geburten unserer Kinder.
Danach gab es nie wieder einen Grund zu weinen.

Der weiße Mensch ist neben meinen Mann getreten und legt seine Hand auf seine Schulter. Ich versuche mich zu bewegen, aber mein Körper gehorcht mir nicht. Ich bin gefangen und meine Angst beginnt in Panik umzuschlagen. Mein Herz pocht weiter hart gegen meinen Brustkorb.

„Es sind jetzt sechs Monate vergangen. Ohne Verbesserung im Zustand ihrer Frau. Außer, dass sie die Augen ab und zu öffnet. Es gibt nur wenige Reaktionen von ihr. Das apallische Syndrom ist tückisch."

„Manchmal kehren die Betroffenen in unser Leben zurück und müssen alles Gelernte neu erlernen. Dann können sie in großen Teilen wieder am Leben teilnehmen. Aber manchmal kehren sie nicht mehr zurück und verharren in einem Leben in der Schwebe."

Ich spüre wie ich erstarre.
Mein Herz stolpert.

„Hören sie, wie das Herz ihrer Frau schlägt? Schauen sie sich die Kurve am EEG an. Sie spürt uns, da bin ich mir sehr sicher. Vielleicht hört sie uns und versteht. Sie können ihre Frau auch mit nach Hause nehmen und sie dort von Fachpersonal betreuen lassen. Ich werde ihnen bei der Organisation helfen. Aber ich kann ihnen nicht versprechen, dass sie jemals wieder so sein wird wie vorher."

„JA!", rufe ich laut, aber meine Stimme findet den Weg nicht aus meiner Kehle.

„Ich höre euch. Bitte helft mir!"

Mein Mann hält nun meine Hand. Das spüre ich. Sie ist kalt und schwitzig. Aber das macht mir nichts aus. Ich möchte sie so gerne ganz fest halten und an meine Lippen führen. Sie küssen und wärmen. Aber so sehr ich mich auch bemühe, ich schaffe es nicht.

Mein Blick schweift langsam ab.
Ich sehe den Delfinen zu.
Sie springen aus dem Wasser, drehen eine kleine Schraube und tauchen wieder in das kühle Nass ein. Sie spielen und jagen sich. Neben mir sehe ich meinen Mann im Sand liegen und sein Buch lesen. Die Kinder bauen eine Sandburg.
Ich schließe die Augen und denke nach.
Darüber, was sein wird.

„Das Schicksal nimmt nichts,
was es nicht gegeben hat."

(Lucius Annaeus Seneca)

Freundin

Fast jeder Mensch erlebt genau ein Mal im Leben, dass er einen ganz bestimmten Freund kennenlernt.
Diesen einen Freund, bei dem es unvorstellbar erscheint, ihn jemals wieder zu verlieren.
Dieser besondere Jemand, mit dem man alle seine Gedanken teilt, sich Geheimnisse, Wünsche und Träume anvertraut.
Ein Jemand, von dem man meint, man würde ihn schon sein ganzes Leben lang kennen.

Ich hatte diesen Jemanden gefunden gehabt.
Vor sehr langer Zeit.
Und dieser Jemand war eine Jemande.
Ein Mädchen.
So wie ich damals.

Wie sie hieß oder immer noch heißt, behalte ich für mich.
Ich nenne sie A. Weil ihr Vorname mit diesem Buchstaben anfängt.
Sie kann Anna genannt werden oder Antonia, Anastasia oder Annabelle. Aber diese Namen sind es nicht.
Ihr Name war ungewöhnlich und hatte einen schönen Klang für mich.
Sie selber war auch ungewöhnlich, genau wie ich.
Vielleicht gehörten wir deshalb damals zusammen.

Als ich A. kennenlernte war ich dreizehn Jahre alt.
Es war Zufall, denn obwohl sie in unserer Siedlung lebte, hatte ich sie die Jahre zuvor nie getroffen.

Das Haus ihrer Eltern stand auf der anderen Seite unserer Neubausiedlung. Getrennt von einem großen, verwilderten Feld voller Büsche, wilden Obstbäumen und geheimen Trampelpfaden.
Die Kinder aus der Neubausiedlung und ich verbrachten unseren größten Teil der Freizeit in genau diesem Feld.
Auf der Seite der Siedlung des Hauses von A. lebten damals überwiegend Familien aus der Türkei, aus Griechenland und dem früheren Jugoslawien. Mit den Kindern lieferten wir uns die damals noch üblichen, spielerischen Bandenkriege.
Ohne missmutigem Hintergrund.
Einfach so aus Spaß.
Manchmal forderten wir diese Kinder heraus, manchmal sie uns.

Eine schöne Zeit war es gewesen.
Freiheiten hatten wir genug. Besonders in den Ferien.

Und eines Tages traf ich plötzlich A.
Ich erinnere mich überhaupt nicht mehr daran, wie wir uns kennengelernt hatten. Schließe ich die Augen, sehe ich wie aus dem Nichts heraus ihr Gesicht vor mir.
Die dunklen Augen, der feingeschwungene Mund, ihr Lachen.
Danach sehe ich ihre langen, dunklen und lockigen Haare.
Genauso lang und dunkel wie meine es waren.
Aber meine waren nicht so wunderschön gelockt.
Darum habe ich sie immer beneidet.

Horche ich in mich hinein, spüre ich immer noch die große Liebe zu ihr. Eine unschuldige Liebe, wahre Zuneigung von mir zu ihr.
Ein sehr tiefes Gefühl. Warm und weich und herzlich.

Sie lebte mit ihrer Familie also in einem kleinen Haus auf der anderen Seite der Siedlung. Das Haus war so klein, dass sie selber es immer Baracke nannte. Mit einem schiefen Grinsen im Gesicht.
Als ich das erste Mal zu ihr nach Hause kam, wusste ich, warum sie es so nannte.
Das Haus war wirklich sehr klein. Es hatte ein winziges Bad zum Hof hinaus, ein Wohnzimmer, in welchem es immer etwas düster war, eine Küche als Durchgangszimmer und zwei Schlafräume, die aufgeteilt waren für die Eltern und die insgesamt drei Kinder.

Waren sie arm?
Ich würde sagen ja.
Für die damalige Zeit gehörten sie zu den eher ärmeren Familien obwohl ihre Eltern gearbeitet hatten.
Meine Eltern hatten auch ein Haus. In der Neubausiedlung.
Ein Reihenhaus.
Solche Reihenhäuser, die damals überall aus dem Boden sprießten und vom Wohlstand der neuen Mittelschicht zeugten.

Die Kinder aus der Neubausiedlung verstanden nicht, warum ich mich gerade mit diesem Mädchen angefreundet hatte. Sie zogen mich damit auf und lachten über mich. Sie schimpften über A. und nannten sie „unsauber" und „peinlich" und „arm" und „doof". Doch ich ließ mich davon nicht beeindrucken. Ich hielt zu ihr, denn sie war meine Freundin. Ich kannte sie und wollte sie nie wieder hergeben müssen.
Ich erinnere mich an die Tage, an denen ich bei ihr in der Küche saß und ihre Mutter Pfannkuchen für uns buk. Wir erzählten zusammen Geschichten, brachten uns zum Lachen und hörten gemeinsam Musik. Wir malten und lasen uns vor.
Ihre Familie stammte von Seiten des Vater aus Tschechien ab.
Ich hatte dagegen eine Mutter aus Bulgarien. Also brachten wir uns uns gegenseitig die jeweilige andere Kultur näher und lachten über so einige seltsame Eigenheiten unserer Zweitländer.

War das Wetter schön, gesellten wir uns zu den Familien aus der Türkei oder aus Griechenland.

Sie fanden immer einen Grund, den Grill in den Hof zustellen und gemeinsam zu feiern oder beisammen zu sitzen und zu essen. Ich genoss diese Tage zusammen mit A. sehr, erinnerte mich dies doch sehr an die Heimat meiner Mutter und unserer Familie dort.

Ein Gefühl von Zufriedenheit, Zugehörigkeit und Ruhe durchströmte mich dort.

Lachen, Reden, Weinen, Streiten, Vertragen ....

So erlebte ich besonders die Tage in den Sommerferien mit ihnen gemeinsam, bis ich mit meiner Familie in den Urlaub und zum Familienbesuch nach Bulgarien aufbrach.

Kam ich zurück, war mein erster Gang sofort zu A.

Ich hatte so viel zu berichten und sie hörte mir gerne zu.

Als wir vierzehn Jahre alt waren, fanden wir Gefallen an der Mode und der Musik der fünfziger Jahre. Rock´n Roll und Petticoats bestimmte unser Leben. Wir durchstöberten unsere Kleiderschränke nach weiten Röcken und bauschten sie auf mit Tüll. Schnürten uns breite elastische Gürtel um die Taillen und zogen unsere Ballerinaschuhe an, die gerade sowieso in Mode waren.

Unsere langen Haaren steckten wir mit sämtlichen Spangen hoch die wir auftreiben konnten und banden uns Kopftücher um die Haare. So lebten wir für uns die fünfziger Jahre zusammen aus.

Oft lagen wir gemeinsam in ihrem Garten auf dem Rücken und schauten in den Himmel. Wir beobachteten die Wolken und erzählten uns Geschichten dazu. Manchmal kam ihr kleiner Bruder dazu und wir erfanden für ihn spannende Geschichten.

Wann die ersten dunklen Wolken über uns einbrachen, kann ich nicht mehr genau bestimmen. Doch schleichend veränderte sich etwas.

Erst häuften sich die Tage an denen sie mich bat, bei uns baden oder duschen zu dürfen. Ich freute mich sehr, denn ich wusste ja, wie ungemütlich ihr eigenes Badezimmer war. Auch hatte ich bereits registriert, dass die Familie seit einiger Zeit statt Shampoo Spülmittel im Bad stehen hatte. Also ließ ich ihr gerne ein richtiges Vollbad ein und stellte die Heizung hoch ein, damit es auch schön warm im Badezimmer sein würde.

Später bemerkte ich, dass ihr Vater öfters daheim war als früher. Die Stimmung war bedrückter und meine Freundin fühlte sich scheinbar nicht mehr sehr wohl. Ich wusste nicht, was los war und erfuhr auch nichts von meiner Freundin. Nachfragen wollte ich nach dem einen Mal nicht mehr. Denn sie hatte sehr verhalten reagiert.
Um sie aufheitern zu können, lud ich sie immerzu zu mir nach Hause ein. Dort schauten wir fern oder lasen uns vor, oder wir liefen aus unserer Siedlung heraus zu einem großen Bach in der Nähe, versteckt unter Bäumen, an dessen Ufer wir uns auf Decken niederließen und über unser Leben sprachen.
Unsere Träume und Hoffnungen, und ob sich jemals etwas davon erfüllen würde.

Wieder verging eine kleine Weile und die Verabredungen wurden seltener. Ich erfuhr, dass sie viel lernen musste. Ihre Noten waren nicht mehr so gut wie vorher und ich hatte leise Schuldgefühle.
Ich dachte, es lag an mir und unseren vielen Treffen nach der Schule.
Die Kinder aus der Neubausiedlung begannen nun wieder über mich zu lachen. Sie merkten, dass ich immer seltener Zeit mit A. verbrachte und machten wieder böse Bemerkungen über sie.
Ich war traurig darüber und vermisste meine Freundin jeden Tag sehr.
Eines Tages erfuhr ich aus der Nachbarschaft, dass die „Baracken" der Siedlung uns gegenüber abgerissen werden sollten. Das war ein schlimme Nachricht für mich.

Sofort lief ich zum Haus meiner Freundin um zu fragen, ob es stimmen würde. Und ja, ihre Mutter bestätigte mir das.
Ich begann zu weinen und meine Freundin gleich mit.
Was sollte dann aus uns werden?
Aus unserer Freundschaft?
Aus unserem Versprechen, ein ganzes Leben lang zusammen zu bleiben? Uns nie zu verlieren?

So verbrachten wir von dem Tag an noch ein paar schöne Wochen gemeinsam, ehe ich mit meiner Familie wieder in den Urlaub flog.

Als wir zurückkamen, war nichts mehr so wie vorher.
Sie waren weg.
Alle waren sie weg.
Meine Freundin, ihre Eltern, die Nachbarn, die Türken und die Griechen und die Jugoslawen ...
Nur die leeren kleinen Häuser standen noch dort.

Ich lief nach Hause und schaute nach, ob ich einen Brief oder einen Zettel von A. fand. Mit ihrer neuen Adresse darauf oder einer Telefonnummer. Doch ich fand nichts.
Damals nicht, Tage später nicht, Wochen später nicht, Jahre später nicht. Niemals wieder.
Sie war weg und sie blieb weg. Ich habe auch als Erwachsene noch oft versucht, Spuren von ihr zu finden. Aber ich habe bis heute keine gefunden. Nicht von ihr und nicht von ihrer Familie.

Ich habe noch immer diese Gefühle in mir, die ich damals empfand.
Trauer, Verzweiflung und Sehnsucht.
Sehnsucht nach dieser einen Jemandin, die mir so nah war und die ich immer noch sehr schmerzlich vermisse. Die eine nicht mehr zu füllende Lücke in meinem Herzen hinterlassen hat.
Bis heute.
Für immer.

„Wer sich der Einsamkeit ergibt, ach,
der ist bald allein!"

(Johann Wolfgang von Goethe)

Hundemann

Das ist hier so bei uns im Dorf.
Auch wenn wir nicht mehr wirklich ein Dorf im herkömmlichen Sinne sind. Eher ein Vorort der mittelgroßen Stadt. Noch nicht einmal ein besonders schöner Vorort. Überwiegend Gewerbegebiet und daneben unsere Häuser. Ohne Dorfkern, ohne Metzger, ohne Post, aber dafür mit einer riesigen Waschanlage.

Hier leben noch sehr viele Menschen von früher.
Menschen, die in den fünfziger Jahren ihre Siedlungshäuser eigenhändig und zusammen gebaut haben.
Gemeinschaft wird hier noch groß geschrieben bei der älteren Generation. So, wie es für ein Dorf üblich zu sein hat.
Es gibt zwei Kirchen in unserem Dorf. Die Katholische und die Evangelische. Und zu beiden Kirchen gibt es Pfarrheime und Zusammenkünfte ihrer Mitglieder.
In beiden Gemeinden steht man zusammen und verbringt einen Teil der Freizeit zusammen.

So ist das hier im Dorf.
Bei der älteren Generation.

Ich gehöre nicht dazu. Bin hier nicht aufgewachsen und gehe nicht in die Kirche. Aber hier lebe ich heute. Gehöre also zumindest per Einwohnerzahl dazu.

Zusammen mit meinem Mann und meinen Kindern bilden wir die „plus vier Einwohner" in der Statistik des Dorfes.
Auch unser Haus wurde in den frühen Fünfzigern von Hand gebaut. Nicht von uns, aber vom Großvater meines Mannes.
Gemeinsam mit den Nachbarn ringsherum. Es fanden sich Maurer, Tischler und andere zusammen, und sie halfen sich gegenseitig dabei, dieses Örtchen zu beleben.

Wenn ich heute unser Dorfgeschehen beobachte, stelle ich fest, dass nur zögerlich junge Leute hierher ziehen oder hier bleiben. Meistens werden die Straßen von älteren Menschen bevölkert.
So wie der Hundemann.

Wenn ich früh morgens meine Kinder in die Schule in die Stadt fahre, bemerke ich ihn das erste Mal.
Er ist alt. Sehr alt.
Läuft mit seinem Rollator ganz langsam den Bürgersteig entlang.
Dabei ist immer sein Hund.
Wie der Mann sehr alt und genauso langsam.
Morgen für Morgen spazieren sie gemeinsam den Weg entlang.
Nach vorne zum Dorfeingang.
Dort, wo sich die große Waschanlage befindet.
Und komme ich etwas später zurück, hat der Mann es geschafft und sitzt endlich auf der Ablage seines Rollators.
Sein Hund liegt ihm ruhig zu Füßen und beide schauen den ersten Gästen dieser Anlage dabei zu, wie sie ihre Autos polieren und pflegen.

Fahre ich Mittags wieder die Straße entlang um meine Kinder abzuholen, sehe ich den Hundemann immer noch an Ort und Stelle da sitzen. Und schauen.
Ich frage mich, ob er in der Zwischenzeit etwas gegessen oder getrunken haben könnte. Aber ich sehe keine Taschen bei ihm.

Auf meinem Rückweg läuft er genauso langsam wie am Morgen gemeinsam mit seinem Hund den Weg entlang zurück.
Ich weiß nicht wo er wohnt.
Ich bemerke ihn immer an der selben Stelle gehend zum ersten Mal.
Als würde er an genau dieser Stelle sprichwörtlich aus dem Boden sprießen.

Zu Beginn meines Beachtens des Menschens, habe ich mir keine Gedanken über ihn gemacht. Er war einfach jemand, der dort entlang lief. Einfach so. Vielleicht auf dem Weg zur Bushaltestelle.
Bis es den Kindern auch aufgefallen war.

Am Nachmittag läuft der Hundemann wieder zu der Waschanlage.
Immer um die selbe Uhrzeit. Immer gleich angezogen und mit Rollator und Hund. Seine dunkle Kappe trägt er halb verrutscht auf seinem Kopf.
Auf seiner Gehhilfe sitzt er und schaut. Schaut still und bewegt sich nur wenig. Im Sommer wie im Winter. Und sein Hund liegt ihm zu Füßen. Genauso still und kaum beweglich.
Erst viel später am Abend, wenn es langsam dunkel wird, macht der Hundemann sich wieder auf seinen einsamen Weg in sein Zuhause.

Manchmal denke ich mir Geschichten über ihn aus.
Darüber wer er ist und wer er früher einmal war.
Was sein Leben ihm schenkte und ob er glücklich ist.
War er ein guter Mensch?
Hat er eine Familie?
Geht er in die Kirche?
Was hat er beruflich gemacht?

Vielleicht war er auch ein Flüchtling aus Schlesien. Vielleicht war auch er ein Maurer. Ganz bestimmt hat auch er damals mitgeholfen, die Siedlungshäuser zu erbauen. Und lebt vielleicht noch immer in einem dieser kleinen Häuser.

Vielleicht war er Matrose und ist um die Welt gesegelt?
Seine dunkle schiefe Kappe könnte dazu passen.
Zu jemanden, der zur See gefahren ist.
Oder er war Automechaniker. Denn schließlich schaut er jeden Tag über viele Stunden den Menschen an der Waschanlage zu.

Wer weiß das alles schon.

Aber er scheint einsam zu sein.
Mag sein, dass seine Frau schon lange verstorben ist und sie keine Kinder hatten. So haben sie auch keine Enkelkinder gehabt.
Oder die Kinder leben zu weit weg um ihn zu besuchen.
Mag sein, dass er nie geheiratet hatte und immer alleine war.
Dann scheint ihn das Alleine sein nicht zu stören.
Aber vielleicht doch.
Denn wozu macht er sich jeden Tag auf seinen langen und mühseligen Weg zum Ende des Dorfes auf?
Dort, wo so viele Menschen sind, sich unterhalten, lachen und sich um ihre Autos kümmern.
Dort, wo er Sätze und Worte mitbekommt. Ihn teilhaben lassen und ihm das Gefühl geben, nicht ganz so alleine zu sein.

Ich habe schon oft überlegt, ihn anzusprechen.
Mich einfach neben ihn zu gesellen und ihm zu zeigen, dass er etwas Besonderes ist. Jemand, der jeden Tag da ist.
Zuverlässig wie ein Uhrwerk. Un-weg-denkbar.
Aber ich gestehe, ich kann dies nicht.
Ich überlege dagegen, ob ich ihm nicht eine Bank an seinen Stehplatz stellen sollte. Damit der Hund nicht immer auf dem kalten Boden liegt, und damit der Hundemann sich gemütlich hinsetzen kann. Ich muss noch etwas darüber nachdenken, denn ich weiß nicht, ob man so etwas einfach machen darf.
Ich weiß nur, dass der Hundemann eines Tages nicht mehr seinen Weg gehen wird. Und dann werde ich ihn vermissen.

„Die Erinnerungen verschönern das Leben, aber das Vergessen allein macht es erträglich."

(Honoré de Balzac)

Besucher

Ha!

Da ist er ja wieder.

Schon länger nicht mehr gesehen.

Aber heute ist er wieder einmal vorbei gekommen.

Ganz früh war er plötzlich da.

Hat mich angeschaut, freundlich kurz genickt und ein wenig gelächelt. Ehe ich ihn ansprechen konnte, war er leider schon weg. Vermutlich hatte er es eilig gehabt.

Der war ja immer in Eile, der Mensch.

Kannte ich nie anders. Kaum fasste er einen Gedanken, setzte er diesen auch schon um. Lief immer kreuz und quer durch das Büro und war am Denken.

Nun war er wohl wieder im Ausland gewesen.

Wie immer beruflich. So wie ich auch.

Ich bin erst vor drei Wochen zurückgekommen.

Aus Spanien.

Musste dort Verträge vorlegen und ein paar geschäftliche Dinge besprechen. Das war ganz schön anstrengend, denn ich spreche gar kein Spanisch. Und mein Englisch ist auch nicht unbedingt sehr gut. So ein Kauderwelsch, was wir da von uns geben. Ich bin immer wieder neu überrascht, dass unsere Firma noch nicht zugrunde gegangen ist.

Ich muss mir jetzt mal etwas die Beinen vertreten. Habe zu lange gesessen. Das neue Projekt ist sehr aufwendig und ich brauche ein paar gute Ideen. Am besten ist, ich gehe etwas an die frische Luft. Mittagspause ist sowieso gleich. Da stört es niemanden, wenn ich jetzt schon gehe.

Aha – da ist er wieder.
Ob ich ihn ansprechen soll? Aber er schaut immer nur flüchtig zu mir hin, dreht sich um und geht einfach wieder weg.
Ob er sauer ist auf mich?
Mir fällt nur leider nicht ein, ob es einen Grund geben könnte.
Eigentlich haben wir uns immer sehr gut verstanden.
Ich erinnere mich an unsere gemeinsamen Urlaube in Afrika.
Wir beide sind große Liebhaber dieses Kontinents. Das erste Mal mussten wir beide aus beruflichen Gründen dorthin fliegen. Einen Monat waren wir gemeinsam dort. Teilten uns das Zimmer mit den beiden Betten und hatten viel Spaß in unserer freien Zeit.

Es gab im Hotel ein Klavier.
Einen schönen großen, schwarzen Flügel.
Glänzend und perfekt gestimmt.
Ein Genuss für meine Ohren und meine Finger. Denn das Klavierspielen liegt mir sehr. Ich komme aus einer hochmusikalischen Familie. Und nicht nur musikalisch. Nein, auch künstlerisch sehr begabt. Meine Eltern waren sehr bekannt mit ihrem Büro und den Ateliers. Meine Brüder und ich haben ebenfalls aus unseren Begabungen unsere Berufe gemacht.
Das Klavierspielen ist dagegen mein liebstes Hobby. So oft es geht spiele ich auch bei mir zu Hause darauf. Am liebsten, wenn meine Frau daneben sitzt. Elegant im Kleid und ein Glas Wein in der Hand summt sie jedes Lied mit mir mit.

Ich muss lachen.
Denn mich überkommt die Erinnerung an meinem Affen.

Das war auch in Afrika.

Damals, mit meinem Kumpel von eben.

Wir waren auf einem Markt unterwegs. Diese Märkte muss man erlebt haben. Bunt, laut, voller Menschen und unendlichen vielen Gewürzen und Dingen, die es hier bei uns nicht gibt.

Heiß war es gewesen an dem Tag. Heißer als sonst.

Wir wollten etwas zum Trinken kaufen und kamen stattdessen mit einem Affen zurück ins Hotel.

Den hatten wir dort gefunden.

Auf dem Markt.

Sollte geschlachtet werden.

Aber wer schlachtet denn bitte sehr einen Affen?

Das kennen wir nicht bei uns im Lande, nicht wahr?

Also habe ich das Tier freigekauft. Nicht, ohne mir noch auf gebrochenem Englisch die besten Zubereitungsarten für das Tier anhören zu müssen. Freundlich gelächelt und genickt hatten wir und machten uns schnell auf den Weg zurück in unser Hotel.

Was gab es für einen Aufstand, als ich das Tier mit auf mein Zimmer nehmen wollte.Zum Glück war ein Tierarzt in der Nähe. Und die Behörde war auch nicht weit.

Sie wissen schon, so eine deutsche Botschaft. Dahin sind wir sofort mit dem Tier. Und irgendwie klappte alles wie ich es mir vorstellte, und auf dem Heimflug zurück nach Deutschland begleitete mich mein kleiner neuer Freund.

Seltsam, ich erinnere mich gerade nicht mehr an den Namen des Tieres. Irgendwas mit T oder mit M. Vielleicht komme ich später wieder darauf. Das kennt man ja, wenn man plötzlich eine Denkblockade hat, nicht wahr?

Das Tier lebte eine kleine Weile bei mir daheim.

Ich habe ja einen kleinen Resthof mit Pferden und Eseln.

Da passte der Affe sehr gut dazu.

Dachte ich zumindest zu Beginn.

Leider ergab es sich, dass die Haltung doch nicht so richtig für das Tier erschien. Also gab ich ihn schweren Herzens in einen Zoo.

Ich war ein paar Tage sehr traurig darüber, aber am Ende dachte ich mir:

„Besser im Zoo mit Seinesgleichen leben als gefuttert zu werden!"

Stimmt ja auch.

Besucht habe ich ihn fast jeden Sonntag.

Leider verstarb er zwei Jahre später.

So, nun habe ich etwas Pause gehabt und meine Beine vertreten.

Wird Zeit, dass ich wieder ins Büro gehe. Schließlich müssen der Artikel und die Grafik noch in den Druck gegeben werden.

Ah, da kommt ja meine liebe Assistentin.

Ich lächele sie freundlich an und gehe beschwingt auf sie zu.

Vielleicht trinkt sie gleich einen Kaffee mit mir, denn ich habe noch etwas mit ihr zu besprechen ehe ich heimfahren möchte.

Ich bin schon sehr aufgeregt, denn meine nächste Reise wird nach Neuseeland gehen. Diesmal jedoch nicht wegen der Arbeit sondern als Urlaub, gemeinsam mit meiner Frau. Doch vorher muss ich meiner Assistentin noch unbedingt wichtige Instruktionen geben. Schließlich muss sie mich ordentlich vertreten.

„Hallo Markus" , begrüßt sie mich auch schon.

„Hast du gut geschlafen?"

Ich schaue sie an und wunder mich etwas.

Sie sieht so anders aus. Ob sie sich die Haare dunkel gefärbt hat?

Sie nimmt meine Hand und zieht mich sachte mit sich mit.

In den einen Raum, wo es hell ist.

„Es ist Zeit zum Duschen gehen, ja? Ich werde dir dabei helfen."

Ich folge ihr, drehe den Kopf nach links und sehe den Freund wieder.

Seltsam.

Da ist er schon wieder und schaut mich an.
Ich bleibe stehen, erwidere seinen Blick und grüße vorsichtig.
Ein Nicken zeitgleich zu mir von ihm.
Schaue die Frau neben mir an und sage:

„Der ist immer da wenn ich hier bin!"

Das stimmt, meint die Frau zu mir.
Ob ich denn wüsste wer das sei.
Ich denke nach. Suche nach Hinweisen in seinem Gesicht, die mich an ihn erinnern lassen könnten. Krame in meinem Gedächtnis herum. Aber ich habe viel zu viele Menschen kennengelernt im Laufe meines Lebens. Ich weiß nicht, wo ich diesen Mann einordnen soll. Irgendetwas ist mir vertraut an ihm. Er hat die Haare so geschnitten wie ich sie meist habe. Aber mehr fällt mir beim besten Willen nicht ein.

Die Frau sagt: *„Das bist du, Markus!"*

Ach so. Das bin also ich.
Na, das ist ja interessant.
Nachher, wenn ich den Mann, meinen täglichen Besucher hier bei mir, wieder sehe, dann werde ich ihn einfach ansprechen.
Ihn fragen, ob er weiß, woher wir uns kennen.

Weil es mir einfach nicht einfallen möchte ....

„Nichts zeigt uns so sehr, woran wir hängen, wie die Trauer darüber, es verloren zu haben."

(Peter Amendt)

Kinderwagenmann

In jeder Stadt gibt es diese Menschen auf der Straße, die selbst jedes Kind zu kennen scheint.
Die Einsamen und Verlorenen, die Trost in gefüllten Flaschen suchen.
Die Weltenaussteiger und die Rebellen, die herumziehen und von einem Ort zum Nächsten wandern.
Die Musiker, welche ihre Instrumente zücken und dem geschäftigen Treiben ein wenig Einhalt bieten möchten.
Und die Zigeuner, die betteln.
Sie sitzen auf den Bänken, an den Straßenecken oder verkaufen ihre Zeitungen um ein kleines Stück ihrer Würde aufrecht erhalten zu können. Das tägliche Bild ihrer Anwesenheit gehört in jeder Stadt dazu. So sehr man auch seine Augen davor verschließen möchte.

Die Fotografin erinnert sich an ihre Kindheit.
Damals kam ein alter Mann in jeder Woche in ihre Wohnsiedlung.
Ganz in schwarz gekleidet und mit einem langen grauen Bart im Gesicht. Eine schwarze Mütze bedeckte sein ebenso langes und graues Haar. Alles an ihm war in ihrer Erinnerung schwarz und grau. Sogar seine Augen, die tief in den Höhlen lagen, sahen aus wie schwarze Kohlestücke.

Sie erinnert sich noch sehr genau daran, dass dieser alte Mann an jedem Dienstag Nachmittag langsam durch die Siedlung schlurfte. Gestützt auf einen knorrigen Stock.
Wie eine uralte Gestalt aus dem Märchen kam er ihr vor.
Ging von Tür zu Tür und bat um etwas Geld.
Freundlich schauend und fragend.

Kaum war er an ihrem Haus angelangt, öffnete die Mutter die Tür und gab ihm ein wenig Geld und etwas Brot mit auf dem Weg.
Das macht die junge Fotografin glücklich. Besonders weil er sie immer mit einem kleinen Salut begrüßte.
Im Geheimen waren sie beinahe schon so etwas wie Freunde.
Und der Dienstag war ein ganz persönliches Ritual für das Kind.

Es geschah eines Tages, dass der alte Mann an seinem Dienstag die Siedlung nicht betrat.
Er betrat sie nie wieder.

„Er war schon sehr alt, mein Kind", sagte die Mutter.
„Er ist bestimmt jetzt im Himmel und glücklich!"

Das war ihr Trost auf die traurigen Augen des Kindes.

Die Fotografin ist heute kein Kind mehr.
Sie macht sich auf den Weg in die Stadt, um Bilder zu schießen von genau solchen Menschen. Sucht die Nähe zu ihnen und möchte über ihr Leben erfahren.

Es ist Samstag und der Wochenmarkt hat bereits viele Kunden angelockt. Sie überlegt, an wen sie sich zuerst wenden kann.
Soll es der Bettler sein, der vor dem Kino auf dem Boden hockt, neben sich einen großen Hund und vor sich eine leere Tasse stehend? Oder soll es die junge Zigeunerfrau sein, die vor dem Geschäft freundlich lächelnd eine Zeitung zum Verkauf bietet?

Oder doch der junge Mann mit den bunten Haaren und der Bierflasche in der Hand, der lässig und uninteressiert auf der Bank am Marktplatz herumlümmelt?

Sie ist unentschlossen.
Bis ihr Blick auf einen Menschen fällt, der aus der Menge hervorsticht. Sie schaut ihn an und ist verwirrt.
Ein Mann, ganz eindeutig.
Ein Mann, der mehrere Lagen Frauenkleider übereinander trägt und darüber einen Mantel.
Ein Mann, dem die langen Haaren im Wind um sein Gesicht flattern.
Ein Mann, der einen Kinderwagen vor sich herschiebt.
Voll bepackt und sein Hab und Gut darin mit einer Flickendecke gut geschützt. Geschützt vor Regen, Wind und den neugierigen Blicken der fremden Menschen.

„Ja, da staunen Sie, junge Frau, nicht wahr?"

Eine Stimme ertönt neben ihr und sie dreht sich zu ihr um.
Sie sieht eine ältere Dame neben sich stehen, die rote Schürze um ihren Leib gebunden. **„Bäckerei Krampe"** ist darauf zu lesen.

Die junge Fotografin nickt.

„Der läuft seit einigen Jahren hier schon so herum!", erklärt die Frau weiter. Schüttelt leicht den Kopf und schaut die Fotografin an.
Die junge Frau beobachtet, wie der Kinderwagenmann sich langsam durch die Mengen der Menschen hindurcharbeitet und versucht, den Blicken derer auszuweichen. Natürlich gelingt es ihm nicht. Zu auffällig ist seine Erscheinung.

„Wissen Sie etwas über ihn? Was mit ihm los ist?", fragt die Fotografin die Dame neben sich. Diese schüttelt erneut den Kopf. Kneift ihre Augen etwas zusammen und zieht die Stirn kraus.

„Ach, es gibt so viele Gerüchte über ihn. Der soll krank im Kopf sein. Aus der Psychiatrie weggelaufen und Menschen bedroht haben, sie zu vernichten. Andere erzählen, dass er eigentlich lieber eine Frau wäre und Kinder haben wollte. Deshalb trägt er die Frauenkleider. Und dann gibt es noch andere, die behaupten, dass er seine Familie getötet haben soll. Und zur Buße nun ein solches Leben führt wie er es jetzt tut!"

Die Fotografin denkt nach.
Dann bedankt sie sich und geht langsam davon.
Folgt dem Kinderwagenmann und schaut ihm dabei zu, wie er sich weiter über den Marktplatz schiebt.
Beide Hände umklammern fest den Griff des alten Kinderwagens.
Seinen Blick hält er gesenkt.
Sein Ziel ist der kleine Park außerhalb des Stadtkerns.
Sie sieht, wie er sich auf einer der hinteren versteckten Bänke niederlässt.

Sie hat sich entschlossen.
Über ihn möchte sie mehr wissen.
Etwas ist an ihm, was sie zutiefst berührt.
Eine Traurigkeit strahlt von ihm aus, dass sich ihr Herz verkrampft.
Sie kauft eine große Tüte mit Gebäck und betritt den kleinen Park.

Er schaut nicht auf als sie sich vorsichtig neben ihn auf die Bank setzt. Schweigt still und hält den Blick weiter gesenkt.
Möchte nicht auffallen und tut es dennoch.
Sie schaut den Vögeln zu, die um sie herum hüpfen und nach Futter picken. Wendet den Kopf nach links und sagt leise:
„Hallo!"

Ein kleines Zucken durchfährt den Körper des Kinderwagenmannes.
Sein Kopf erhebt sich ganz leicht und sein Blick huscht schnell zu ihr und wieder weg.
Keine Antwort.

Die Fotografin ist sich unsicher.
Ob sie das Richtige macht?
Oder ist ihre Neugier auf diesen Menschen eher unhöflich?
Sie erinnert sich an die Worte ihrer Mutter:

„Es steckt immer eine Geschichte dahinter warum manche Menschen so anders sind. Einige werden sie nicht erzählen, manchen anderen muss man Zeit geben."

Sie nimmt ein Brötchen aus der Tüte, zögert und hält sie dann dem Mann entgegen.

„Ich wollte eigentlich die Vögel füttern, aber vielleicht haben sie viel mehr Hunger?"

Der Mann zuckt erneut zusammen und hebt wieder den Blick.
Schaut sie kurz an und wieder weg.
Die Fotografin teilt das Brötchen und beißt in die eine Hälfte hinein.
Die andere Hälfte hält sie dem Mann erneut entgegen.
Eine Hand erhebt sich und greift es sich.
Ein Blick von ihm, diesmal länger.
Graue Augen hat er.
Ein wenig verhangen.
Als hätten sich Regen und Nebel getroffen.

„Danke!"
Ein Wort von ihm.
Leise gesprochen.
Sie nickt ihm zu.
Schweigend essen sie ihre Brötchen und schauen den Vögeln gemeinsam zu. Bis sie ihm erneut ein Gebäck reicht.

„Sie sehen aus, als würden Sie nicht genug zu essen bekommen. Ich habe genug dabei."

Wieder ein Nicken von ihm.

„Warum machen Sie das?"

Seine Stimme ist angenehm ruhig.
Tief und warm.
Die Fotografin schaut ihn an und sucht nach Worten.
Sie weiß es selber nicht genau. Es ist ein Empfinden in ihr.
Ob es Mitleid ist? Neugier? Oder einfach nur der Wunsch zu erfahren, warum Menschen so leben wie sie leben? Ein Verstehen wollen, Hilfe anbieten wollen?

So sagt sie es ihm.
Dass sie wissen möchte, ob er Hilfe braucht. Dass sie ihm etwas Gutes tun möchte. Dass sie eigentlich Fotos machen wollte von Menschen wie ihm.
„Penner" werden sie geschimpft.
„Soziale Schmarotzer" und vieles Böse mehr.
Aber dass sie weiß, dass immer eine Geschichte dahinter steht.
Dass sie die Menschen aufrütteln möchte.
Damit sie aufhören sich zu beklagen, wenn wieder jemand um ein wenig Geld bittet. Damit sie darauf hinweisen kann, dass es jeden Menschen treffen kann und er eines Tages um Essen und Hilfe betteln muss. Dass niemand freiwillig auf der Straße lebt.

Sie verstummt.
Hat Angst, das Falsche gesagt zu haben.
Schweigt und schaut vor sich her.
Der Kinderwagenmann tut es ihr gleich.
Schiebt den Kinderwagen sanft vor und zurück und summt ein altes Kinderlied. Die Augen hält er geschlossen.
Den Kopf sanft zur Seite geneigt.
Ein zartes Lächeln schleicht sich auf sein Gesicht.
Das sieht die Frau, als sie sich zaghaft wieder zu ihm wendet.

Stört ihn nicht in seiner Gedankenwelt.
Und wendet sich wieder ab.
Möchte ihn nicht herausholen aus dem, was er gerade vor sich sieht.

Es vergeht eine Weile bis der Mann zu sprechen beginnt.
Jetzt ist sie zusammengezuckt. Sie hat nicht damit gerechnet, dass er zu erzählen beginnt.

„Warum Menschen nicht mehr so leben wir ihr?
Nicht mehr wollen oder nicht mehr können?
Du hast recht: Es steckt immer eine Geschichte dahinter."

Er hat seine Augen nun geöffnet und sie sieht, dass sein Blick ins Nirgendwo gerichtet ist.

„Manchmal geschehen Dinge im Leben, die sind kaum mehr zu ertragen. Es bleibt einem nicht viel an Möglichkeiten. Entweder man verlässt diese Welt weil man sonst zugrunde geht. Oder man versucht, ein wenig in sich zu behalten an Erinnerungen. So wie ich. Was nützt es mir zu sterben? Dann habe ich nichts mehr. Noch nicht einmal meine Erinnerungen."

Die junge Frau schluckt.
Sie ahnt vielleicht, dass seine Geschichte eine andere ist als all die Gerüchte, die verbreitet werden.

„In jedem Gerücht steckt ein wahrer Kern", fährt der Mann fort.
„Aber nur ein Stück. Die Menschen denken sich etwas aus nachdem sie von jemanden über jemanden ein kleines Etwas erfahren haben. Es ist wie das Spiel „Stille Post". Am Ende kommt immer etwas anderes heraus."

Der Mann streckt seine Hand aus und wühlt in seinem Kinderwagen.
Zieht die Hand zurück und hält eine kleine Flasche mit einer

klaren Flüssigkeit in ihr. Dreht den Verschluss auf und nimmt einen kleinen Schluck. Schraubt sie wieder zu und steckt sie zurück.

„Nicht, dass Sie denken ich sei ein Säufer. So ist es nicht. Aber manchmal, so wie jetzt, brauche ich etwas. Etwas, was mir Kraft gibt. Meine Stimme ölt. Reden ja nicht viele Menschen mit mir...".

Die Fotografin nickt.
Fragt, ob er überhaupt erzählen möchte.
Das möchte er, antwortet er.
Warum auch nicht?
Er erzählt sich seine Geschichte sowieso jeden Tag selber neu.
In Gedanken. Es hört ihm ja sonst niemand zu.
Nun spricht er sie eben laut aus.
Ob es etwas ändert?
Das denkt er nicht.
Es ist ihm auch egal.

„Ich hatte eine Frau. Und ein kleines Haus. Und zwei Kinder. Zwei Mädchen waren es. Ich hatte auch eine Arbeit. Elektriker war ich. Gut verdient hatte ich. War selbständig. Wir waren glücklich. Damals."

Er kratzt sich am Kopf.

„Aber ich war dumm. Furchtbar dumm."

Schweigt und schaut auf seine Hände.

„Da war diese Frau. Eine Kundin. Sie war schön. Und ich dachte, dass sie nur mit mir flirten täte. Ich ahnte nicht, was mich – oder besser - meine Familie erwarten würde. Es war nur das eine Mal. So wahr ich hier sitze. Ich schwöre es. Ich habe mich danach geschämt. Habe es meiner Frau erzählt. Am selben Tag noch."

„Und dann kamen diese Anrufe. Jeden Tag. Von ihr. Dass sie mich sehen wollte, dass ich etwas reparieren sollte. Sie bedrängte mich und ich blockte alles ab. Danach begann sie damit, bei uns zu Hause anzurufen. Meine Frau zu quälen mit Lügen. Und ich konnte nicht viel mehr machen, als sie um Einhalt zu bitten.“

„Sie sind nicht zur Polizei gegangen?“
Die Fotografin runzelt die Stirn und hält ihm noch ein Brötchen hin welches er sich nimmt.

„Die Polizei? Ja, doch, ich war da gewesen. Aber sie konnte nichts machen. Wir sollten das untereinander klären, hieß es. Damals ging man nicht sofort dagegen an. Heute ist das anders, wie ich gelesen habe. Nun, meine Frau wollte mich verlassen und die Kinder mit sich nehmen. Aber das wollte ich nicht. Ohne meine Familie leben, das wollte ich nicht. Konnte ich nicht. Ich habe gekämpft um meine Familie. Wir sind sogar hierher gezogen. Weg aus unserer Stadt. Und zuerst lief es auch gut.“

Er macht eine Pause.
Braucht sie, um sich zu sammeln.
Atmet ein und wieder aus.

„Bis sie uns fand. Unglaublich, nicht wahr? Sie hat mich gesucht und gefunden. Und damit ging der Terror erst richtig los.
Am Telefon, vor dem Haus, wenn ich bei Kunden war … sie war immer plötzlich da. Ließ uns nicht in Ruhe leben. Hilfe bekamen wir keine. Und dann war es zu spät. ...... Es kam dieser eine Tag, an dem ich sie nicht sah. Nicht vor dem Haus, nicht auf der Straße. Sie tauchte nicht auf.Ich dachte, der Spuk sei vorbei. Am Mittag rief ich meine Frau an und fragte, ob alles gut sei zu Hause. Sie klang ruhig und sagte, dass sie nun die Kinder aus dem Kindergarten holen würde. Ob ich einen besonderen Wunsch für das Abendessen hätte.“

Der Kinderwagenmann schiebt den Kinderwagen nun etwas stärker hin und her. Erinnerungen überwältigen ihn.
Die Frau sieht seine Tränen und ergreift seine Hand.

„Ich hatte keinen besonderen Wunsch!
Als ich am frühen Abend heimkam, da war nichts mehr so wie es zu sein hatte. Als ich sie und die Kinder fand, war mein Leben vorbei.
Sie war dagewesen. Bei uns zu Hause und hat ausgelöscht, was uns ihrer Meinung nach im Wege stand. Was SIE nicht haben durfte, sollte auch niemand anderes haben dürfen.
Danach habe ich nicht mehr weiterleben wollen. Aber ich war feige.
Die Angst vor den Schmerzen die ich mir selber zufügen wollte. Sie hielt mich ab. Ist das nicht der Wahnsinn?“

Er hebt den Blick und schaut die Frau neben sich an.
Schüttelt den Kopf über sich selber.

„Feigheit. Und meine Familie hat niemand gefragt ob sie Schmerzen erleiden wollte. Die Frau, dieses Böse, sie kommt nicht wieder frei.
Aber sie hat bekommen, was sie gewollt hatte. Sie hat mich zerstört.
Nein! Nicht sie alleine.
Einen Moment der Schuld, und ich habe mein Leben selber zerstört.
Den ersten Schritt habe ich selber getan.
Geblieben sind mir nur die Kleider meiner Frau und ein paar Spielsachen und Fotos meiner Kinder.
Und dieser Kinderwagen. Da ist alles drin was ich brauche. Alles, was mich meiner Familie nahe hält.
Ich bin nicht tot.
Weil ich gesündigt habe.
Ich muss mich jeden Tag erinnern. An das, was ich getan habe.
Ich habe die tägliche Hölle gewählt.
Ich bereue.
Wäre ich tot, würde ich sie nie wieder sehen können.
Aber so erinnere ich mich.“

„Ach, eine Mutter hat man einmal nur!"

(Annette von Droste-Hülshoff)

Mama

Ich habe geträumt von ihr.

Mal wieder.
So wie die letzten fast vierzig Jahre.
Immer wieder schleichen sich die Träume ein.
Sie erzählen von meiner Mutter, von mir und unserem Leben.
Manchmal sind sie heiter und lustig, dann erwache ich lächelnd und möchte sie mit durch den Tag nehmen.
Manchmal sind sie verwirrend und unverständlich, bringen mich in Aufruhr und machen mir Angst. Dann kann ich nicht wieder einschlafen und gehe durch den Tag mit einer gereizten oder melancholischen Stimmung.
Nichts kann mich an solchen Tagen aufheitern und ich ziehe mich immer weiter in mich selber zurück.
Denke nach und versuche herauszufinden, was mir dieser Traum sagen möchte.

Oder was sie selber mir durch einen solchen Traum sagen möchte.
Vielleicht gibt es irgendeinen Hinweis?
Doch auf was?
Oder würde sie mir Antworten geben wollen auf all meine Fragen?
Fragen, die ich schon so lange in mir beherberge, aber nie zu stellen wagte. Aus Angst, verheilte Narben wieder aufzureißen und sie traurig zu machen.

Seit Sommer neunzehnhundert sechsundsiebzig lebt sie nicht mehr.
Das ist eine lange Zeit.
Bald vierzig Jahre sind seit ihrem Tod vergangen.

Ich habe meine Mutter zum Zeitpunkt ihres Todes bereits seit zehn Jahren nicht mehr gesehen.
Geschrieben haben wir uns jedoch regelmäßig, und ich habe alle ihre Briefe an mich in einem dicken Ordner geheftet.
Es sind Briefe wie man sie so schreibt wenn man sich nicht sehen kann. Antworten auf meine Berichte über mein Leben hier im Ausland. Fragen nach meiner Familie und Arbeit.
Erzählungen von ihr über die Familie in der Heimat und über das Tagesgeschehen im Dorf.
Jeder einzelne Brief von ihr bedeutet mir heute mehr als alles andere auf der Welt.

Als ich meine Heimat vor mehr als vierzig Jahren verließ, war ich eine junge Frau. Den Kopf voller Abenteuerlust und neugierig auf das Leben „da draußen".
Bei uns lebte man den Kommunismus, und obwohl es mir nicht schlecht ergangen war, wollte ich etwas mehr vom Leben erfahren als es mir in meiner Heimat möglich gewesen wäre.
Australien – das war mein Traum!
Denn die Schwester meiner Mutter lebte seit vielen Jahren dort und bot mir an, zu ihr zu kommen.
Statt dessen kam ich nach Deutschland und blieb für immer hier.

Zehn Jahre...
Das war der Preis für mein Fortgehen.
Zehn Jahre durfte ich mein Heimatland nicht mehr betreten.
Hätte ich es versucht, wäre ich verhaftet worden.
So war das damals eben.
Aber ich nahm es in Kauf. Ich war doch noch jung.
Und wer denkt schon an die weitere Zukunft wenn man jung ist?

Heute bin ich selber älter.

Nicht mehr jung. Nicht mehr voller Abenteuerlust. Nicht mehr voller Neugier auf das Leben.

Ich bin heute genauso alt wie es meine Mutter war, als sie starb.

Und ich beginne mit dem Nachdenken.

Mir fallen Momente aus meiner frühen Kindheit ein, aus meiner Jugend und ich würde gerne mehr darüber erfahren.

Über viele Erinnerungen habe ich mit meiner Schwester gesprochen.

Nachdem ich das Land wieder gefahrlos betreten konnte.

Seitdem kehrte ich jedes Jahr im Sommer in meine Heimat zurück, um meiner Familie nahe sein zu können.

Ich würde heute so gerne mit meiner Mutter reden können, sie ansehen, sie berühren. Sie umarmen und an mich drücken.

Wenn man jung ist, denkt man nicht nach.

Das Leben ist aufregend und interessant.

Alles ist wichtig und man selbst ist sich am allerwichtigsten.

Und eines Tages stellt man fest, dass etwas verloren gegangen ist.

Etwas, was so selbstverständlich gewesen ist. Etwas, was man erst richtig wahrnimmt wenn es einem abhanden gekommen ist.

Und man erkennt, dass dieses Etwas niemals wieder zurück kommen wird.

Dass viele Dinge nicht ausgesprochen wurden. Dass man keine Zeit hatte, mit allem ins Reine zu kommen. Dass man hätte vieles anders und vielleicht auch besser machen können.

Ob es ihr auch so erging?

Damals, ehe sie für immer gegangen ist?

Hat sie, ebenso wie ich heute, damals nachgedacht über ihr Leben und Fragen an ihre Mutter gestellt, die nicht mehr beantwortet werden konnten?

Die noch sehr viel länger nicht mehr beantwortet werden konnten, da ihre Mutter gestorben war als meine Mutter ein kleines Kind war.

Meine Schwester hatte sich um unsere Mutter gekümmert.

Denn sie war im Alter schwer krank geworden.

Das Rheuma hielt sie gefangen und wurde von Jahr zu Jahr ungnädiger. Die Schmerzen nahmen zu und der Körper wurde schwächer.

So auch ihr Herz.

Meine Mutter ahnte, dass sie bald von dieser Welt gehen würde. Bis zum letzten Moment war sie bei klarem Verstand geblieben.

Und meine Schwester blieb an ihrer Seite.

Einige Zeit später erzählte sie mir von ihrem letzten gemeinsamen Tag.

Sie hatte unsere Mutter gebadet und ihr beim Anziehen geholfen.

Alleine war es eine Unmöglichkeit geworden.

Und unsere Mutter sprach mit ihr.

Fragte nach mir. Stellte immerzu die selben Fragen abwechselnd und wollte immer wieder die selbe Antworten hören.

Sie sei ansonsten sehr sehr still gewesen, so sagte meine Schwester.

Ob es ihr gut ginge, fragte meine Schwester und unsere Mutter bejahte dies. Aber ihre ältere Tochter glaubte ihr das nicht.

Sie spürte, dass unsere Mutter etwas auf dem Herzen hatte. Es gab da etwas, was ihr keine Ruhe ließ. Doch es dauerte noch bis sie anfing zu reden.

Nach dem Anziehen brachte meine Schwester unsere Mutter zu Bett und setzte sich an ihre Seite.

Meine Mutter schaute stumm an die Decke und ihr Atem ging ganz ruhig. Doch plötzlich nahm sie die Hand meiner Schwester in die ihre und schaute sie an.

Sie erzählte von ihrem Leben. Wie sie und ihre kleinen Geschwister ihre Mutter auf schreckliche Weise verloren hatten und die Kinder allesamt auf verschiedene Familien verteilt wurden.

Sie berichtete von ihrer Arbeit als Hebamme und Medizinerin in den umliegenden Dörfern. Von ihrer gefühlten Gefangenschaft in einem solchen kleinen Dorf, wo sie selber doch ein Stadtmensch gewesen war.

Dass sie der Liebe wegen die Stadt verlassen hatte und auf dem Dorf niemals Anerkennung fand durch die Menschen dort.

Dass ihr Leben so anders verlaufen war als sie es sich als junge Frau vorgestellt hatte.

Dass sie unseren Vater trotz jeder Vernunft anfing zu hassen, als er viel zu früh verstarb und sie alleine mit den Kindern dort zurückließ. Als hätte er sie alle mit Absicht in Stich gelassen.

Und dass sie gerne neben unserem viel zu früh verstorbenen Bruder beigesetzt werden wollte.

Und dann begann sie das Weinen und bat meine Schwester:

„Wenn du deine Schwester jemals wiedersehen wirst, sage ihr, dass ich sie liebe. Dass mir vieles leid tut und ich wünschte, ich hätte alles besser gemacht. Sage ihr, dass ich sie vermisse. Jeden Tag, jede Minute, jede Sekunde. Sage ihr, dass ich sie immer geliebt habe und immer weiter lieben werde. Ich würde sie so gerne nur noch einmal in meine Arme nehmen ..."

Mit diesen Worten ist meine Mama gestorben.

Im Sommer.
Im zehnten Jahr des meiner Heimat wegbleiben müssens.
Nun bin ich niemandes Kind mehr.

Es gibt drei Dinge im Leben, die niemals zurückkehren:
Das Wort, die Zeit und die versäumten Gelegenheiten.

Es gibt drei Dinge im Leben, die dich ruinieren können:
Die Trägheit, der Stolz und die Eifersucht.

Es gibt drei Dinge im Leben, die du nie verlieren solltest:
Die Geduld, die Hoffnung und die Ehrlichkeit.

Es gibt drei Dinge im Leben, die kostbar sind:
Die Familie, die Liebe und die Freundschaft.

„Shivot - Zehn kurze Erzählungen" ist ein Buch mit zehn Geschichten, die so nur das Leben schreiben kann. Alle hier im Buch wiedergegebenen Ereignisse beinhalten im Kern die Wahrheit. Ich habe sie genau so oder zumindest sehr ähnlich im privaten und auch im beruflichen Umfeld erfahren dürfen.

Lediglich die Geschichten „Vater", „Herr D." und „Mama" habe ich so gut es geht aus der Erinnerung und nach der Erzählung meiner eigenen Mutter über ihre Mutter niedergeschrieben und nur wenig verändert. Ansonsten habe ich meine Phantasie bemüht.

Damit ist gewährleistet, dass ich die Anonymität der betroffenen Personen bewahrt habe.

Das Wort „SHIVOT" wird am Anfang sehr weich ausgesprochen. Es kommt aus dem Bulgarischen und bedeutet LEBEN.